Andres de Antonio Tovar: nació en el año 1953, en Muñoveros, un pueblo de Segovia en el que permaneció hasta los trece años, trasladándose a Madrid donde trabajó como charcutero hasta que se jubiló.

Fue entonces, cuando le dio por la escritura, siendo "La venganza de Tarafalia el segundo libro que publica.

ANDRES DE ANTONIO TOVAR

Cuando uno es perro viejo,
y de pronto se enamora
de una dudosa señora.
Va a resultar muy complejo,
que te escuche en buena hora,
ni que te acepte un consejo,
aunque sea en su mejora.
Y es posible, "Boto a bríos".
Que más pronto que tarde.,
Se meterá en un buen lio,
"Del cual", él será culpable.

Proverbio Segoviano

Andrés de Antonio tovar

comedia medieval en clave de humor en cuatro actos

AÑO 1525

Corría el año mil quinientos veintitrés, y la hermosa ciudad de Toledo estaba en todo su esplendor, allí, en una hermosa casa con la fachada de piedra, vivía un bravo caballero llamado Tarafalia de los Monteros, que, aunque carecía de sangre real, si poseía el título de Marques, aunque había renunciado a él por llamarle más las batallas cuerpo a cuerpo. En ello es lo que había empleado el tiempo hasta ese día, que se había levantado eufórico y, había pensado ir en busca de su novia, la duquesa doña Eulalia, hija de don Servando y doña Clota Peñalba, a los cuales pensaba su mano. Pensaba que ya estaba bien de andar batallando por aquellos campos de Dios y que había llegado el momento de sentar la cabeza, casándose y teniendo hijos con los que poder pasar el resto de su vida.

Tarafalia, vivía con su escudero Mateo, el cual no estaba tan convencido como su amo de que lo de casarse fuese buena idea, al menos con esa duquesa, habían llegado a sus oídos que no era trigo limpio, y hasta mil veces había tratado de convencer a su amo que lo de casarse estaba bien, pero con la joven Aurora. Una muchacha con la que Tarafalia había estado ennoviado, pero que se había cansado de ella.

Tarafalia, nunca le hacía caso, pero ya tenía cuarenta años y no era como para andar perdiendo el tiempo si es que quería tener hijos, y menos aún, teniendo en cuenta que no era una perita en dulce como para engatusar a las mujeres ya que todo lo que había tenido de bravo y temido en la lucha, como amante había sido un auténtico desastre y hasta se ponía nervioso cuando tenía enfrente alguna dama de merecer. Su físico tampoco le ayudaba demasiado; su cuerpo era enjuto y de hueso ancho, con nariz aguileña y una dentadura despoblada a la que le faltaba la mitad de las piezas.

En Toledo dejaba a su antigua novia Aurora que aún continuaba enamorada de él, pero que éste no la correspondía de ningún modo.

Dejarían en Toledo parte de su vida, sobre todo, su fiel escudero, que se había enamorado de una doncella del lugar y no le hacía ninguna gracia tener que partir para tierras tan lejanas, aunque, si todo salía como pensaba su dueño, no tardarían mucho en regresar, Tarafalia ya esposado con su Eulalia y Mateo a punto de hacerlo con Justina.

Caballero y escudero partirían para la Galia cuanto antes, pues el camino era largo e incómodo. No llegarían antes de un mes y tendrían que ir provistos de agua; la comida ya irían viendo como y donde podrían encontrarla.

PRIMER ACTO

El caballero Tarafalia de los Cisneros y su fiel lacayo Mateo de Carvajal, en su casa de Toledo se preparan para partir hacia tierras de La Galia done el marques y caballero tiene la novia y pretende pedirle la mano a su padre,

MATEO

Apresúrate, Mateo
que tenemos que partir
hacia las tierras de Galia,
más antes me has decir
donde he puesto mis sandalias
que por ningún lado las veo.

MATEO

Perdonadme, mi señor,
pues las metí en el lavabo
para limpiarlas mejor;
y luego las he colgado
en lo alto del balcón;
¡voy a ver si se han secado!

TARAFALIA

Mateo, no seáis camueso,
pues no hicisteis ningún mal
si os castigara por eso
me sentaría fatal.

MATEO

Enseguida estoy, mi amo,
antes que se haya enterado
todo estará preparado
como Mateo me llamo.

TARAFALIA

Presto vamos a partir
para la Galia, Mateo.
pero antes debo ir

al váter, ¡porque me meo,
y no puedo resistir!

MATEO

No se que le ha dado, ahora
pa enrollarse con la Eulalia,
sabiendo que esa señora
es lasciva y seductora
y vive cerca de Italia.
Sería mejor hazaña
el casarse con su Aurora
que es más guapa, y que os adora
y además, vive en España

TARAFALIA

Mateo, mi fiel sirviente.
Vos no podéis comprender
que el amor es exigente,
que te atiza de repente,
sin poderte defender.
Por lo tanto, es conveniente;
callarse y obedecer.
Más, si no queréis venir,
nos os preocupéis, que os entiendo.
Yo solo he de partir.

MATEO

Nada de eso, mi señor,
como criado que soy,
no puedo hacer esa acción.
sería como un deshonor.
Allá donde vaya, voy.

TARAFALIA

Hacedlo como gustéis,
pero luego no os quejéis.

Una hora más tarde, Caballero y escudero partían rumbo a la Galia
con la cabeza repleta de ilusión y las alforjas más vacías que los
bolsillos de un pedigüeño.

VOZ EN OFF

Tarafalia y su escudero,
partieron para la Galia.
sin comida y sin dinero.
Al encuentro de la Eulalia.
Él estaba enamorao,
más Mateo recelaba
por lo que había escuchao.
Más su amo, confiao
más que un becerrero lidiao
y enamorao como estaba
de nada se había coscao.
No se enteraba de nada.
Pero Mateo sabía
que la Eulalia le engañaba
con un primo que tenía.
un tal Juan que la adoraba,
y un Barón de Alejandría
que prendado de ella estaba.
Y aunque a ninguno quería,
con todos se desfogaba.
Más, por más que le decía
su amo no se enteraba,
Hacía que le escuchaba
pero nada se creía.
Y con su gran miopía

todo por bueno lo daba
aunque muy poco veía.
Pensaba que en el castillo
cuando le viese su amada
y él la entregase un anillo,
iba a dejarla prendada.
Y sin perder un segundo,
contento como un chiquillo,
el valiente caballero
decidido e iracundo
cuidado por su escudero,
emprendieron nuevo rumbo
con ánimo placentero
hacia tierras de otro mundo.

Durante el viaje, Tarafalia y su escudero iban comentando los parabienes que les iban surgiendo, que no eran pocas.

Las gentes que se encontraban a su paso, les ofrecían comida, bebida y alojamiento donde poder descansar. Tampoco faltaban las desdichas de tener que soportar lluvias torrenciales, vientos horacados y fríos que penetraban hasta lo más profundo de las entrañas. Pero aquello no era nada comparado con las flechas que habían tenido que soportar más de una vez, y además, cuanto más se mojaban, y más frio tenían, más ilusionados se sentían los dos. Tarafalia por ver a su Amor y su criado porque a ver si de una vez se le caía la venda de los ojos a su amo.

Por fin, al cabo de treinta y dos días de viaje y con los huesos molidos y los pies desollados a consecuencia del mal calzado podían divisar el castillo de los duques de Peñalba y media que llevaban puesto, dos horas más tarde, estaban aporreando en la puerta del castillo de don Servando y doña Clota que se quedaron perplejos ante esa inesperada visita ya que no estaban avisados, y por el mismo motivo, pasaron de abrir la puerta. Los duques pensaron que serían algunos de los pedigüeños que no solían faltar, pidiendo algún alimento.

Tarafalia, harto de tanta espera, alzó su mirada hacia el torreón principal en el que debía de permanecer su amada y no lo dudó ni un momento. Se dispuso a subir trepando por la pared. Solo eran veinticinco metros de nada y eso era fácil de escalar para un experimentado caballero que en más de una ocasión había tenido que trepar los muros más altos de Hispania, aunque no fuera lo mismo tener que trepar para batirse con alguien que para conquistar a una dama, que siendo esto último bastante más sencillo, para él, debido a su consabida torpeza, además de inexperiencia en los artes amatorios; era harto complicado; y más aún si la joven a la que tenía que cortejar era complicada de mantenerse fiel a un mismo hombre.

Tarafalia y Mateo a pie de palacio de los duques de Peñalba.

TARAFALIA

Mateo, dame la soga
que treparé con destreza
para llegar a su alcoba
y abrazad a mi princesa

Mateo masculla algo por lo bajo que su amo no logra entender.

MATEO

Mas que una bella princesa,
una bruja sin escoba.
que os engaña y embelesa,
con esa cara de boba
que os pone la muy duquesa.

TARAFALIA

¿Qué es lo que has dicho, lacayo
que me has pillao de soslayo?

MATEO.

No es cosa de trascendencia,
casi mejor me lo callo.

TARAFALIA

Hablad, hablad, os lo ruego.
Que ya lo veré yo, luego

MATEO

no quiero que os aflijáis,
por algo sin importancia.

TARAFALIA

Pa no tener relevancia,
cuanta tabarra me dais.

MATEO

Tenga cuidado señor,
que el torreón esta alto

TARAFALIA

Pero que ladras, Mateo.
¿Es que olvidas que fui Geo?

MATEO

Pero aquello fue hace mucho.
Cuando tenía ajetreo
y estaba más delgaducho

TARAFALIA

No me vengáis con bobadas,
pues yo no he engordado nada.

MATEO

Lo que vos digáis, señor.
Perdón y os ha molestado.
Más miraros el calzón,
cual le tenéis de apretado
que os va dar un reventón.

TARAFALIA

Me causáis gran desazón,
y a pesar de ser hidalgo.
Puede que llevéis razón
y haya engordado algo

MATEO

Más pa llegar al balco
le hará falta una escalera.
¿O es que tiene la opinión
de hacerlo de otra manera?

TARAFALIA

Mejor que no preguntéis;
enseguida lo veréis

VOZ EN OFF

Y con enorme tesón,
Y una pasión cegadora,
Se encaramó al paredón,
Y en menos de cuarto de hora,
Se hallaba en la habitación
de su futura señora.
Más Eulalia le echa en cara,
que entre en su habitación
como si fuese un majara
que ha perdido la razón.

A pesar de la ocasión,
de ver a su prometido
ardoroso y decidido
rebosante de pasión.
Daba la sensación
que el que estaba de plantón
no era bien recibido.
Sería ardua misión
que el amor de ese señor.
Con lo que había recorrido
hasta llegar al balcón,
fuese a ser correspondido
con idéntica pasión
que el que él había ofrecido.

Tarafalia llegó a los aposentos de Eulalia y se dio cuenta de que el
recibimiento distaba mucho de ser efusivo, más bien da la sensación
de que es al revés, que no la agrada lo mas mínimo el que ese hombre haya entrado en su alcoba.

TARAFALIA

Eulalia del alma mía.

¿Os he pillado en la ducha?
Os notó bastante fría.
¿Es que acaso estáis pachucha?
¿o tal vez es la alegría?

EULALIA

Tarafalia, mi señor.
ten cuidado y no me abraces.
Es que tengo un gran dolor,
no vaya a ser que el fraguor
me suelten algunos gases.

TARAFALIA

Sabéis que nada me asusta
y que me sobra valor,
pero lo que me disgusta,
es este insoportable olor.

EULALIA

Perdonadme, os lo ruego
no me he podido aguantar
ni dejármelo pa luego
pues no tengo aquí el talego
y me podía ensuciar.

TARAFALIA

No te preocupes mi amor.
No te avergüences mi amada.
Cuando se vaya el olor,
aquí no ha pasado nada.

EULALIA

Mi señor, os lo agradezco
pero es que de gases padezco
y aunque sea una marranada
ha sido un aire fresco.

TARAFALIA
Estar tranquila mi amada
que ha sido un pedo de nada
EULALIA
Pues me dejáis más calmada
porque estaba acojonada
TARAFALIA
¡Por fin, Eulalia querida!
ya deseaba abrazaros,
pues si os fijáis, esta herida,
me salió de tantos amaros.
EULALIA
¿Cómo sois tan animal
de no ir a un curandero
pa que os ponga un retal
en ese horrible agujero?
TARAFALIA
Porque cuesta un buen dinero
y yo no tengo ni un real.
EULALIA
Eso resulta fatal.
Si queréis ser casadero,
tendríais que tener metal.
TARAFALIA
No os lo toméis a mal,
no lo hago por dinero.
Soy caballero cabal
y tengo to lo quiero,
menos contacto carnal,
de eso. Me encuentro en cueros
y aunque me veáis genial,

hay veces que desespero
sino os veo a mi lado.
Mirad que yo soy casero
que estaría el día entero
en el tresillo tumbado.
Pero como estoy soltero
me encuentro muy amargado
Y aunque no tenga dinero,
¡pues lo mío he derrochado
con besugos y corderos!
Creo que os de demostrado,
que soy un tipo sincero.

EULALIA

Pues me siento complacida.
Vuestra noble verborrea,
me ha dejado convencida
de que no me encontráis fea,
y me siento agradecida.

TARAFALIA

No os mostréis tan comedida
que aquí os muestro el testigo
de que es verdad lo que os digo.
Lleva una nota prendida.
¿Queréis casaros conmigo?
Contesta Eulalia querida.
¿Os gusto cómo marido?

EULALIA

¡Señor!, estoy decidida
más un poco tiempo os pido
pues tan de prisa habéis ido
que me encuentro confundida.

La duquesa intenta disimular que la visita de Tarafalia la ha pillado a contrapié y que es un verdadero engorro, sin embargo, él se da cuenta de que no está poniendo atención a lo que él le está diciendo y procura enterarse que la pasa,

TARAFALIA
¿Qué os pasa que os noto fría?
¿Es acaso de alegría?

Eulalia se muestra ausente y no contesta.
TARAFALIA
¿Pero me estáis escuchando
lo que yo os estoy hablando?
EULALIA
¡Os escucho, caballero!
pero es que lo del dinero,
me ha dejado cavilando
si sois el novio que quiero.
TARAFALIA
¿Es que tal vez, dudáis?
Sabed que, con este paso,
doy más de lo que me dais.
Para vos no es un fracaso.
EULALIA
¡No sé porque os mosqueáis!
¿Es que me negado, acaso
para que así os pongáis?
TARAFALIA
Os pido que no hagáis caso.
pues de sobra me mostráis.
por lo nerviosa que estáis,
que queréis dar ese paso

Y aprovechando este instante
en que vos estáis delante.
Os entregaré este anillo,
que lo compré en Alicante,
al igual que este cuchillo.

¡Es de rubíes y diamantes!
¡Mirad que lustre! ¡Que brillo!
Es un anillo de los de antes.

EULALIA

¡Oh Tarafalia querido!
¡Oh, Tarafalia de mi alma!
os veo tan decidido
que tanta prisa me espanta,
por tal motivo, yo os pido
que tengáis un poco calma.

TARADALIA

¡Hablad, hablad, mariposa
que os escucho con el alma.

EULALIA

Que cuando llegue el momento
de formar el casamiento,
me mostraré cariñosa,
que no habrá arrepentimiento
y seré una buena esposa
¿Os quedáis ya más contento?

TARAFALIA

Pues claro que sí, mi amor.
Esperaré con paciencia,
y aguantaré con pasión
hasta que a vos le convenga
que formemos esa unión.

EULALIA

Tened un poco paciencia
hasta que me vaya haciendo
y haya tomado conciencia,
que ya os lo iré diciendo
cuando quiera convivencia.

TARAFALIA

Pues me dejáis deduciendo,
que por suerte o por desgracia
y con lo que estoy viendo,
lo que os estoy proponiendo,
no os hace mucha gracia

EULALIA

Tenéis motivos desobra
para que os enfadéis
y os entre esa zozobra,
pero no os alarméis,
por tan sutil maniobra
y os anuncio que esa obra,
se hará como vos gustéis.

TARAFALIA

He de pedir vuestra mano
a vuestro padre, y corriendo.
Quiero verle sonriendo
sin esperar al verano

EULALIA

Dejadlo para el verano
que yo os vaya conociendo,
pues aún es muy temprano
pa irle comprometiendo.

TARAFALIA

¿Cuatro meses esperando?
¿todo ese tiempo sufriendo?
¿tanto tiempo aguantando
como el que me estáis diciendo?

EULALIA

¿Es que no estáis escuchando?
¿Lo veis como un disparate?
¿O sois tonto de remate,
o es que me estáis vacilando?

TARAFALIA

Pero es que no lo comprendo.
¡Pues si nos estamos amando
tanto tiempo aguantando!
¡francamente, no lo entiendo!

EULALIA

Pues continuad esperando
que ya lo iréis descubriendo
cuando vayáis comprobando
que no os lo digo riendo.

TARAFALIA

Haremos lo que decís.
Aguantaré lo que pueda.
Aunque se me hará alargada
Por tanto tiempo que queda,

Y me voy que ya es muy tarde.
Se que os dejo entusiasmada.
Más no quiero hacer alarde;
pues ya lo me barruntaba.

Descenderé hasta abajo
que cuesta menos trabajo,
¡Agur y, que Dios os guarde!

EULALIA

Adiós mi futuro esposo,
tened cuidado al bajar
no os caigáis en el foso
y os os valláis a lastimar.

VOZ EN OFF

Tarafalia descendió
por la escala muy contento.
Tan contento que no vio
un pegote de cemento,
y contra él se estampó.
Mateo llegó al momento
y del suelo rescató,

TARAFALIA

Solo tengo un arañazo
y me encuentro muy contento
a pesar del castañazo
que me he dao contra el cemento

MATEO

Ya le dije, mi señor;
que tuviese ojo avizor.

TARAFALIA

Debe ser un escarmiento
por no usar el ascensor
y trepar por el cemento,

MATEO

Pero sois tan cabezón
que no quedaríais contento
sin daros un coscorrón.

Tarafalia y Mateo se alojan en una posada que les han asegurado que es la más barata de toda La Galia.

TARAFALIA

Mateo, mi fiel sirviente,
una alegría me invade
que me corre por el vientre
que gozo mayor no cabe.
Si palmase de repente,
sería cosa saudade.
haced sabed a la gente
que fue por amar de frente.
"Y el santísimo se apiade
de este pobre penitente".

MATEO: murmura entre dientes

No se que ha podido ver,
mi amo, en esa mujer.

TARAFALIA

Por las llamas del infierno.
¿Acaso me creéis lerdo?;

MATEO

Mi señor, queda patente
que se ha vuelto a enamorar,
y debe tener presente
que eso es digno de admirar,
para ojos de la gente
que le gusta criticar.
Más le vuelvo a recordar;
que la Eulalia es buena gente
y no se debe fiar,
pues se lo puede pagar
adornándole la frente.

No es que le quiera asustar,
pero téngalo presente.

TARAFALIA

Vaya ánimos, criado.
Me habéis dejado tocado.

MATEO

Pues perdonadme, mi dueño,
No quisiera importunarle.
Solo quería informarle
Y despertarle del sueño.

TARAFALIA

Amo a Eulalia, la duquesa,
no existe dama más bella,
un amor que me embelesa
cuando me acuerdo de ella.
Y esa congoja no cesa
ni, aunque le dé a la botella.
Mateo, fiel escudero,
vos que bien me conocéis.
Decidme. ¿Cómo lo veis?

MATEO

Peor que vos os creéis,
y antes de dar el sí quiero
es mejor que lo penséis,
pues vos no tenéis dinero
y dudo que lo ganéis.
Gran error que os enfrentéis
a don Juan el caballero

.

TARAFALIA

Os tengo que transmitir
Que nos van a dar las seis.

Os ruego que no os canséis
y no volváis a insistir,

MATEO

Así lo haré, mi señor,
Ya saldrá vos del error.

TARAFALIA

¡Mateo!, no lo comprendes,
porque no te has enamorado
y por eso no lo entiendes,
con las mujeres que has estado.
Todas ellas te han dejado.
y por tanto no comprendo
la barrila que me has dado,
Perdona si te reprendo
de este modo tan horrendo.
Pero es que ya me has cansado.

MATEO

Pues si va a hacer lo que quiere
porque nada se barrunta,
haga lo que considere,
¿No se pa qué me pregunta?

TARAFALIA

Me tenéis que perdonar
pues el amor hacia Eulalia
no me permite pensar.
No me toméis represalia

MATEO

Por mí, perdonado queda
más espero que la Eulalia
no cometa una Farsalia.
¡Espero que no suceda!

TARAFALIA

Pues con lo que me has contao
Me has dejao atolondrao.

MATEO

¡Pues sí que os ha dado fuerte.
Mas nada voy a decir.
Espero que tengáis suerte
y podáis sobrevivir
con esa bruja con dientes
Pero no os confiéis.
No lo echéis todo a la suerte
porque, aunque Eulalia sea bella.
os ruego que comprobéis
que igual que correspondéis.
también lo debe hacer ella.
por eso yo os aconsejo,
aunque pa vos sea una lata.
Que se muestre consecuente,
No vaya a meter la pata
y le engalanen la frente.

TARAFALIA

Se que tenéis razón,
más es difícil pensar
que, al declararla mi amor,
ella me pueda engañar
como si fuese un melón.

MATEO

No os digo que vaya a hacerlo,
solo que tengáis cuidado.
Que, aunque no pueda creerlo
porque es muy confiado,

puede que sin merecerlo
vaya a ser vilipendiado
TARAFALIA
¡Mateo, quedaos tranquilos!,
no tengo por qué alarmarme
pero andaré con sigilo
hasta después de casarme.
no quiero que por fiarme
digan que soy un Cirilo
y que es fácil engañarme.

Tarafalia había prometido a la duquesa que esperaría hasta el verano para pedirle su mano a don Servando, pero este no había podido aguantar tanto tiempo y a la mañana siguiente se encaminaba hacia el castillo de los Peñalba dispuesto a pedir a don Servando la mano de doña Eulalia.

Nos trasladamos al castillo de don Servando donde, junto a su mujer doña Clota están tomando el sol.

VOZ EN OFF

A las puertas de palacio,
Doña Clota y don Servando
se quedaban observando
con el semblante reacio,
que un apuesto caballero
despeinado y mal vestido,
caminando muy despacio,
se les estaba acercando.
¿Vendrá a pedirnos dinero?
se acabaron preguntando,
más al ver que era extranjero
se acabaron alarmando.

El caballero Tarafalia llegó a palacio en su caballo , se apeó de él y se presentó a los duques de Peñalba sin que estos mostraran el más mínimo entusiasmo y aún menos interés.

VOZ EN OFF

Tarafalia se plantó
delante de don Servando.
Con firmeza se inclinó,
ante el duque de Peñalva.
Más Servando se quedó
pensativo y cavilando
ante esa situación,
sin saber cómo ni cuándo
librarse de aquel marrón
que ya le estaba inquietando.

Don Servando saluda a Tarafalia y se queda pensativo como pensando lo que querrá ese caballero de tan desgarbada figura.

DON SERVANDO
"¿Qué es lo querrá este, ahora?"
se preguntaba Servando.
Le dejo con mi señora,
que yo me marcho pitando.

VOZ EN OFF
Pero no le dio lugar,
pues Tarafalia era astuto
y no le dejó escapar,

TARAFALIA
Vengo a pedirle, Servando
la mano de vuestra Eulalia,
pues nos llevamos amando
desde que fuimos a Italia.
y coincidimos cenando.
Y antes que se decida.
Permítame que le diga,
que he de ser un buen marido
y grandioso caballero.
Por favor, yo se lo pido
ante mi espada de acero.

SERVANDO
Esto si que es ir al grano.
Debéis de estar muy enfermo
pa pretender ser mi yerno.
Mas lo dejo en vuestra mano.
Casi no puedo creerlo.
¿Y cuándo pensáis hacerlo?.

TARAFALIA
Pues si vos le cae a mano.
En el próximo verano
SERVANDO
¿Por qué esperar al verano
pudiendo hacerlo en inverno?
El frio es mucho más sano.
¡El calor es un infierno!
TARAFALIA
La boda será en Italia.
Ya he visto un sitio de moda.
Despúes iremos a Italia
pa celebrar nuestra boda.
SERVANDO
Pues sea como decís,
pero no me vengáis, luego
con que no os lo advertí.
¡Esto lo ve hasta un ciego!

Una vez llegado a un acuerdo con el duque don Servando, Tarafalia marchó feliz para la posada donde le esperaba Mateo. Estaba deseoso de compartir su alegría con su fiel escudero y después lo celebrarían a lo grande. Ya hacía tiempo de que no se pillaba una turca y pensaba que aquella era una ocasión que le venía al pelo para darle al trasiego de vino.

Tarafalia y Mateo en la posada dialogan sobre que tal le ha ido a su amo en la pedida de mano.

MATEO
¿Habéis pedido su mano
pa traer tan buen talante?

TARAFALIA
¿Es que acso lo dudabas,
tan pesado como estabas?

MATEO
Yo no tenía ningún miedo
de que el duque os la negara?
¡Vamos que sois de Toledo!
El duque estaría majara.

TARAFALIA
Bien sabéis mi fiel lacayo
que hemos estado lidiando
entre soldados y cabras
por las sierras del Moncayo.
Pero es que ante don Servando,
No me salen las palabras.

MATEO
¿Y adonde vais a vivir
Si el duque le tenéis miedo?

TARAFALIA
Pues nos tendremos que ir
Al caserío de Toledo.

MATEO
Pues muy pronto lo ha pensado,
¿se olvida que está embargado?

Pero Tarafalia parece no haberle oído y vuelve a lo suyo

Mateo se da cuenta que su amo está en otro mundo y que no adelanta nada contradiciéndole y decide darse por rendido

MATEO
Pues hace muy bien, señor
de que quiera hacerlo ya,
no se le vaya a mosquear,
lo piense y, a lo peor
ya no se quiera casar.

TARAFALIA
Una alegría me invade
que no se como explicar
es mayor aún, si cabe
que las fiestas del Pilar.
y puesto que me conocéis,
Y que tambien me entendéis,
Mateo, fiel escudero,
quiero que seáis sincero
os pido que me expliquéis
Por qué yo tanto la quiero
pues os tengo que admitir
que dan las tres y las seis
y no consigo dormir.
Esta desazón me mata
y ya no puedo resistir.
Y cuando llega la alborada
sin haber dormido a penas
sigo como si nada
solo pensando en mi amada
hasta que llega la cena.

MATEO
No crea que no le entiendo,
Yo también lo estoy sufriendo.

TARAFALIA

¿Pero qué dices Mateo?
¿también te has enamorado?

MATEO

Sí, y a pesar de ser tan feo.
También estoy embobado

TARAFALIA

¡Si no lo veo no lo creo.
os hacía espabilado
pero por lo que veo.
sois igual de pringado!

MATEO

Es que de vos he copiado
para no hacerle ningún feo.

TARAFALIA

Mi vida ya está marcada
es como ir de verbena
y volver de madrugada
sin haber dormido apenas.
Sigo pensando en mi amada
de desayuno a la cena.

MATEO

Pues, adelante, señor.
Al casorio de cabeza.
No es bueno ir de flor en flor,
y perdonad mi franqueza.
Quizá este en un error
Con respecto a la duquesa
Y puesto que vos carece
de castillo y de riqueza.
Acertado me parece,
casarse con la duquesa.

TARAFALIA

Cuánta razón lleváis,
mi querido escudero,
pues me fundí la riqueza.
y ahora soy un pordiosero
¿Pero no me lo digáis?
que me duele la cabeza

MATEO

Os lo digo con franqueza
pa que no lo repitáis.

TARAFALIA

Mateo. tenéis que verlo.
No lo repetiré. ¡Lo juro!
Pues, aunque quisiera hacerlo,
no me ha quedado ni un duro.
ni manera de obtenerlo.

MATEO

A ver si con el casorio
lográis levantar cabeza,
pues de todos es notorio
que ese duque vejestorio
podrido está de riqueza.

TARAFALIA

Mateo, decís verdad,
Adiós la mendicidad.

Aparecen en escena los duques de Peñalba, don Servando y doña Clota que se encuentran en el salón de palacio terminando de comer.

VOZ EN OFF

Después que hubieren comido,
y haberle dado a la bota.
Antes de haberse dormido
le dijo Servando a Clota.

SERVANDO

Vaya suerte hemos tenido
para casar a esta idiota
con lo que hemos sufrido
viendo como se alborota.

CLOTA

Elena es muy ventolera
para aguantar a un marido.
No se apaña con cualquiera.
varias veces lo ha advertido.

SERVANDO

Es cierto que la chiquilla
se lía con to el que pilla,
más me queda la certeza
que sentará la cabeza.

CLOTA

Pues, Dios te oiga, Servando,
y la veamos cambiando

SERVANDO

Si ese memo si se entera
de los líos que ha tenido.
seguro que la dejara,
recompuesta y sin marido

CLOTA

¿De dónde es el caballero,
que cuenta con tanta hazaña?

SERVANDO

Pues dice venir de España,
de donde son los corderos.
Pero a Servando no engaña;
Los tipos de esa calaña;
son zotes y majaderos

CLOTA

Pues yo le encuentro apuesto
Y me parece sincero,
Aunque venga con lo puesto.

SERVANDO

¡Sí!, todo está calculado,
más sospecho que pa enero,
ese torpe caballero
ya estar más que cansado
del bodorrio puñetero

CLOTA

No digáis eso Servando
no lo deis ya por sentado,
pues si eso acaba pasando,
como vos habéis pensado
con ello saldría ganando
algún que otro aventurado,
que ahora estará rabiando
sí por alguien se ha enterado.

SERVANDO

Pienso que habéis atinado
con lo que habéis comentado.

CLOTA

Más dejémonos, querido
de ceremonias y fiestas
y puesto que hemos comido

vayamos a echar la siesta
pa digerir el cocido.

Pasaron unos días en la que la duquesa no se encontraba feliz, ya que por un lado no quería casarse, pero por otro tampoco quería pasar el día sola en el castillo.

VOZ EN OFF

Pero Eulalia no aguantaba
serle fiel a Tarafalia.
Y todo aquel que pasaba
por el palacio de Galia,
ante ellos se insinuaba.
Hasta que un día Vicente,
que por la Galia pasaba.
Se le antojo de repente,
ver a su prima adoraba
y aunque le viese la gente
que por allá merodeaba
y pudiesen darle coba
no dudó en cruzar el puente
y presentarse en su alcoba.
Eulalia que era exigente.
y que a su primo adoraba.
Furiosa como una loba
cogió a su primo Vicente
y en nada le desnudaba.
La criada Pasiflora
que andaba por los pasillos.
Al colarse en la alcoba
y descorrer los visillos,
se encontró el panorama
de ver a los tortolitos
revolcándose en la cama
soltando aullidos y gritos.

Y pensó. ¡Menudo drama!
¡Vaya con los dos primitos!

Pasiflora sorprendida con lo que ve se muestra pensativa
PASIFLORA

Esto yo no me lo callo.
Tarafalia está en la higuera.
me chivaré a su lacayo
que le quite la ceguera
que se monte en su caballo
y marche pa donde quiera.
Como la Flora era inquieta
y no podía esperar,
para cumplir su deseo,
con la excusa de pasear.
Salió como una escopeta
para verse con Mateo
y podérselo cascar.
Ignoraba ella el jaleo
que se podría formar.
Mateo, que no era idiota
y que ya se lo esperaba
voló cual veloz gaviota
hasta la misma posada.
y aún con su alma rota
a su amo relataba
la traición, nota por nota.

Una vez que pasiflora le había chivado todo lo que había visto en la alcoba de su ama y algo que se había inventado. Mateo corrió como un demonio cabreado hacía la posada para contárselo a su señor. Este lejos de montar en cólera, optó por no creer a su lacayo y hasta se enfadó con él.

TARAFALIA
No digo que no te crea,
más hay algo que me dice,
que Pasiflora es atea
y chivata de narices.
por tanto, pienso, Mateo,
¡que Igual estaba mohína
y os contó lo de la prima!
pa servirla de recreo.

MATEO
¡Mi señor!, es todo cierto.
Yo no me he inventado nada.

TARAFALIA
¿Y quién es esa Pasiflora
con la que venís ahora?

MATEO
Es una humilde criada.
Mintiendo no gana nada

TARAFALIA
¿Y que os conto de misterio
para poneros tan serio?

MATEO
Me dijo la desdichada
que anduviese más despierto.
Que es una bruja malvada
que os quiere cargar el muerto
mintiendo que ha sido violada.

TARAFALIA

Os creo, mi fiel Mateo.
Te ruego que me perdones.
os estoy haciendo un feo.

MATEO

La mejor forma que veo,
pa zanjar las discusiones,
es que demos un paseo.

TARAFALIA

¡Sí!, dejémonos de sermones
y démosle a los porrones.
Más esto no es pa olvidar
por lo tanto, fiel lacayo
me tendré que desquitar.

MATEO

¿Que es lo que tiene pensado
para quedarse vengado?

TARAFALIA

Que curiosos sois, lacayo.
Ya no me voy a casar
más si me pongo a pensar
me voy a esperar a mayo
para poderme vengar.

MATEO

¡Por nuestro bien, eso espero
que acaben de prisioneros!
Que paguen por lo que han hecho.
Pero estamos en enero
y hasta mayo queda un trecho.

TARAFALIA

Mateo, no tengo prisa,
he de pensar mi venganza.

pues no es pa tomarlo a risa
y no es tanta la tardanza
el tiempo pasa deprisa.

MATEO

Así me gusta, señor.
Que lo paguen con su vida,
pues le han manchado el honor
y el vivir con deshonor
muy malamente se olvida.
Y cuando saque el acero,
solo piense en una cosa.
que liquide a ella primero,
por pendón y resbalosa.

TARAFALIA

Así lo haré, fiel Mateo.
Mi espada quiere ver sangre.
pero saca ya el papeo
porque me muero de hambre.

MATEO

Pues vuelo pa la cocina,
pues cociné con esmero
una jugosa lubina
u un costillar de cordero,
pues debe comer un poco
pa que olvide a esa cochina
y se encuentre más entero
para hacer la escabechina.

Cinco minutos más tarde, el caballero Tarafalia y su criado Mateo se pusieron a cenar las sardinas y el cordero con un buen vino de la Rioja y dos horas más tarde estaban dormidos como troncos.

En el palacio de los Peñalba, Vicente y su prima, conscientes de que Pasiflora los había visto en plena acción, y que conociendo lo chismosa que era no iba a tardar en cascárselo a todo aquel que se pusiese a tiro. Maquinaban como dar la vuelta al caso y culpar a Tarafalia de haber mancillado a traición el honor de Eulalia. Eso no lo iba a poder tolerar don Servando que de seguro hacía algo para quitárselo de en medio y de esa manera, ellos tendrían el campo libre para seguir haciendo lo que les viniera en gana.

Vicente y Eulalia en palacio urdiendo un plan para traicionar a Tarafalia.

VOZ EN OFF

Los primitos se enteraron
del chivatazo de Flora,
y entre los dos acordaron,
ser ella la vengadora.
Había pensado Eulalia
que acusando ella primero,
Contando que Tarafalia
escaló por un madero.
Se coló por la ventana,
penetró en sus aposentos,
y sin ni siquiera mirarla,
comenzó a desnudarla,
con el solo pensamiento
que el de allí mismo violarla
sin tener impedimento.
Más Vicente había dudado
que tan débil argumento
fuese a dar tal resultado.

VICENTE

Eulalia, muy bien pensado.
Eso es obrar con listeza.
Tu novio será apresado
y perderá la cabeza.

Libre ya de ese villano
yo me quedaré esperando
para pedirle tu mano
a mi tío don Servando,

EULALIA

¡No corras tanto, Vicente
y mostraos más prudente!
No es que quiera poner peros
pero es mejor que la gente
nos siga viendo solteros.

VICENTE

Será como tu dijeres.
¡Si es eso lo que prefieres!

EULALIA

Vicente, por mí no esperes.
Se que te rondan mujeres.

VICENTE

Mas no me gusta ninguna,
Solo están pa mis placeres.

EULALIA

Pues cásate con alguna,
Porque, aunque sé que me quieres;
no heredaras mi fortuna.

VICENTE

Pues me deja contrariado
La noticia que me has dado

EULALIA

No vengas con tonterías
que esto tú ya lo sabías.

En palacio de los Peñalba, con los duques sentados bebiéndose una tónica.

VOZ EN OFF

Y a don Servando llegó
los amoríos de la Eulalia.
Cosa que no le extrañó,
pues lo sabía to la Galia.
Aún así se emborrachó.
Pero en cambio doña Clota,
que era mucho más taimada.
Quito a Servando la bota
y reclamó a su criada.

CLOTA

¿Qué has hecho maldita Flora?
¿Por qué fuisteis con el cuento?
¿Haber que digo yo ahora?
¿Haber que coños me invento?

PASIFLORA

Le pido perdón señora.
por ser una delatora.

CLOTA

Mas tienes que comprender
que te he de reprender

PASIFLORA

Aquello fue en mala hora
¡pero es que una se acalora!

CLOTA

Anda que la has liado buena
por no ser más comedida.
tendría que daros pena
No haber sido precavida
¡Anda!, y sírveme la cena
que te quedas despedida.

PASIFLORA

¿Me va a despedir por eso?
¡Si carece de importancia!
No existe prueba de peso
que tenga la relevancia
pa que se los lleven presos.

CLOTA

¡Tú que sabrás Pasiflora!
No me vale tu criterio.
ya que los del ministerio,
cuando sepan que es la autora
de tan infame adulterio,
No tardaran ni una hora
en mandarla al cautiverio.
Y eso sin contar, que ahora
su novio igual se enfurece
Se lo toma muy en serio
y en menos de un cuarto de hora
la manda pal cementerio,
¡que es lo que se merece!

PASIFLORA

¡Hala, hala, no exagere!
que no será para tanto.
Por mucho que yo dijere,
no es cosa que cause espanto
y por loco que estuviere
y por mucho que le hiriere,
Tarafalia es muy sensato.
y ha demostrao que la quiere
Además, señora Clota,
¿Quién va a creer a una criada
vocinglera y descarriada?

CLOTA

¡Es que es mi hija adorada!
Ve, y sírveme una tila
que me deje más calmada.
y no me des la barrilla
que me tienes muy cabreada

PASIFLORA

¿Y de mi curro qué pasa?
No me despida, ¡por Dios!
Que si me echáis de esta casa
Los platos llenos de grasa,
los tendréis que limpiar vos.

CLOTA

No te voy a despedir.
Mas, vais a cerrar la boca
pues no puedo consentir
que mi hija, aunque esté loca
se murmure por ahí
que es una Barbarroja
que va metiendo en su cama
a todo aquel que se le antoja.

PASIFLORA

Así lo haré, mi señora,
os podéis quedar tranquila,
lo promete Pasiflora,
que aunque no es muy de fiar,
os va a traer una tila,
y os jura que desde ahora,
no se volverá a chivar.

Nos encontramos en la posada "El buen descanso" donde se encuentran Tarafalia y Mateo durmiendo a pierna suelta.

VOZ EN OFF

Aún no estaba levantado,
el valiente caballero,
cuando se vio acorralado
por un grupo se soldados,
haciéndole prisionero,
dejándole maniatado.
a un enorme madero
El criado se encontraba
perplejo y petrificado,
viendo cómo se llevaban
a su caballero, atado,
más no podía hacer nada.
mirándole preguntaba,
quien le habría denunciado.
Preguntaría a la criada
sobre lo que había pasado.
Los soldados obedientes,
henchidos en sí de gozo,
armados hasta los dientes
le echaron a un calabozo
sucio, mugriento y sombrío
en el que dentro había un pozo
estrecho, húmedo y frio.
Tarafalia preguntaba
a los fornidos soldados.
Más nadie le contestaba.
Todos le daban de lado.
Los grandes jueces quedaron,
pa juzgar al caballero,

y al juzgarle, opinaron:
que, en lugar de prisionero,
a darle fin, sentenciaron.
Y por si alguno quisiera
hacer intento en salvarlo.
"Para que nadie pudiera,
ni tan siquiera intentarlo".
Sería de esta manera.
La sentencia "Emparedarlo"
pa que no sobreviviera.
Y pa quien verlo quisiera
y se dispusiera hacerlo
dejarle una mano fuera
pa poder reconocerlo

FIN DEL PRIMER ACTO

SEGUNDO ACTO

Castillo de los Peñalba

VOZ EN OFF

Magdalena, la doncella,
se reunió con doña Eulalia
para hablar, más que de ella,
de su novio Tarafalia.

MAGDALENA

¿Qué os hizo su novio, ahora
para formarle este lio?
que aunque seáis mi señora;
mucho, mucho, no me fio.
Os lo tengo que cascar
y perdonad mi osadía
más si vais a denunciar
por pretenderos violar.
Os lo deberíais pensar
¡No le salva ni su tía!
mas tendréis que demostrar
que fue a la hora y el día
en que os vino a visitar
Más os jipió Pasiflora
y si la da por largar,
no vais a encontrar lugar
ni en la Galia ni en Zamora
para poderos librar
de esta acusación traidora!

DOÑA EULALIA

No pongáis cara de pena.
Pues, era su vida o la mía;
por lo tanto, no tenía,

más remedio, Magdalena.
¡Además!, yo no le amo.
No siento por él, delirio
y si cedo y nos casamos
mi vida sería un martirio.
No me veo como esposa.
No me gusta estar atada.
y no me queda otra cosa
que cargarme a la criada
por chivata y por chismosa.
Que no hubiera dicho nada,
y no que, por ser liosa,
yo me encuentro cuestionada.
Así que, no me vengáis con reproches
Soy joven y apasionada
y si no caliento almohada
se me hacen largas las noches.

MAGDALENA

Tarafalia la quería.
Sin importarle siquiera
De liarse cual ramera.
con to el que le apetecía.

DOÑA EULALIA

Me quería como su esposa
y por Dios que a mi esa cosa
muy pronto me aburriría.
Me gusta don Juan de Mora
y hasta mi primo Vicente.
más ninguno quiere boda
y eso me da otro aliciente.

MAGDALENA

¡MI señora!, no se entera.
Yo no le quito razón,
ni de la forma que fuera
más no hay que ser tan pendón
y mostrarse mas sincera.
Pa dejarle solterón.
¡Existen otras maneras,
que no las del paredón!

Continuamos en el castillo de los Peñalba, pero con otros actores.

CLOTA

¿Quién aporrea tan fuerte?
¿Qué es ese ruido Servando?
da la impresión que la muerte,
a la puerta está aporreando.
Vos que estás en el pasillo,
mirad quien está llamando
en las puertas del castillo.

SERVANDO

Tranquilízate, querida.
No sabemos quién será,
más seguro que querrá
algo de abrigo y comida.
Voy a ver quién importuna
De manera continuada,
pues pasa ya de la una
y ya no hora de nada.;

CLOTA

Aunque te digan cotilla,
mira bien por la mirilla

SERVANDO

Despreocúpate, querida.
Tú ve sacando el tapete
que hay que echar una partida,
a ese dichoso julepe.
¡No te me quedes dormida!

DOÑA CLOTA

¿Pero qué decís mi amado?;
Yo no conozco ese juego;
¿acaso ya estáis cansado
de que juguemos al cluedo?

SERVANDO

El julepe es animado,
más hace falta un talego
pa no quedar desplumado.

CLOTA

Tendréis que enseñarme, luego,
porque a eso no he jugado.

SERVANDO

Pues si mostráis ese empeño
enseguida sus lo enseño.

Don Servando se acerca a las puertas de palacio y pregunta quien llama a esas horas en las que todo el servicio ya esta durmiendo.

DON SERVANDO

¿Quién es quién tan fuerte llama?
¿Quién aporrea la puerta?
¿Quién es el que nos despierta
sacándonos de la cama?
¿No tenéis otro momento
de venir a importunar?
¡Pues lo que vais a lograr
es que os niegue el alimento
que venís a mendigar!
¿No veis que ya es media noche
y la gente está durmiendo?
¡Por Belcebú, no lo entiendo!
Así que ya os estáis yendo
si no queréis que os reproche
lo mal que lo estáis haciendo.

DON JUAN

¡Abrid coño, que está helando!
¡Abridme que soy don Juan!
¡Abridme ya don Servando!

Si no, seguiré llamando
hasta la hora del pan!
¡Abridme ya, os lo ruego
que me estoy quedando helado
y necesito del fuego
pa quedarme calentado,
que después de lo que he andado
tengo el cuerpo agarrotado.
¡Abridme, que os cuento luego
pa que os quedéis enterado!

SERVANDO

¿Oh, don Juan, ya mismo os abro!
Pensé que sería un mendigo
pidiendo jala y abrigo
¡Perdonad tal descalabro!

DON JUAN

Perdonado estáis Servando,
pero abrid ya, en buena hora,
porque con tanta demora
la geta se me está helando,

SERVANDO

Pasad don Juan sin demora,
Pasad don Juan sin tardanza
que ahora digo a Pasiflora
que enchufe la freidora
y os prepare la pitanza

DON JUAN

¿Vais a despertar, ahora,
a la pobre Pasiflora

SERVANDO

¡Pues claro! Hay confianza.
Conmigo, y con mi señora

DON JUAN

Pues sería más sencillo,
que en lugar de despertarla,
que duerma cuan es de larga
y comerme un bocadillo.

SERVANDO

Pues eso, como veáis
pero no me vengáis luego
que por no encender el fuego
a dos velas os quedáis.

DON JUAN

Pero que decís Servando.
No voy a ser yo quien diga
que, en vuestra casa, cenando,
no me llené la barriga
y que me quede silbando.

Después de comer un bocadillo de sardinas picantonas. Don Juan y don Servando se fueron para el comedor para reunirse con doña Clota-

DON JUAN

¡Pero que veo! Servando!
En la mesa hay un tapete
¿Acaso estabais jugando?

DON SERVANDO

¡Es que nos aburríamos
y ahora nos disponíamos
a echar una mano al julepe.
Así que si os animáis,
nos podéis acompañar.
Más antes voy al retrete
porque me voy a mear.

DON JUAN

Me encuentro en vuestro castillo
y al julepe jugaré,
más he de dejaros claro
que me va más el cinquillo
y si ese juego no pillo,
podría salirme caro.
Pero metido en materia
Que elija vuestra señora
que se muestra encantadora
aunque esté un tanto seria.

CLOTA

Más que sería, estoy adusta
temiéndome una tragedia.
que, aunque no sería muy justa
nos traería la miseria.
Y en cuanto decís del juego,
deciros que desde luego.
El julepe no me asusta,
aunque él las siete y media
es el que más me gusta.

DON SERVANDO

Las manos me estoy frotando
cual muchacho en una feria.
Esto se va calentando.
y si Dios no lo remedia
terminaremos jugando
los tres a las siete y media.

DON JUAN

Pues me tendréis que explicar,
queridísimo Servando
como se juega a ese juego,

porque yo no sé jugar
y acabaría palmando
todo lo que traigo y más.
Por lo tanto, os lo ruego
que me podáis enseñar
tan enrevesado juego.
Porque, aunque yo sea valiente,
y vos lo sabéis Servando
pronto me pongo caliente
y acabaría empeñando
hasta el puente de los dientes.

SERVANDO

Pues yo te entrego una carta.
Una de las que hay, entre tantas.
y tu dices a la banca
si quieres otra o te plantas.
Contando del uno al siete.
El siete es el que más vale,
más si otra media te sale
os lleváis lo del tapete.
En cambio, sí pides carta
y con la suma te pasas.
Entonces el que reparta
se lleva toda la pasta.
Os ruego que lo penséis,
y antes de contestar
os deis un trago de Oporto.
Es mejor que valoréis
que es mejor quedarse corto
que por abuso os paséis.
Así que si os entra un seis
pensar bien si queréis carta

no sea que os animéis
y perdáis toda la pasta.
Preferible es decir basta,
A pedir y os despluméis.

Al cabo de las tres horas de juego en las que don Juan perdió hasta los gemelos de la camisa, cesaron de jugar

VOZ EN OFF

Jugaron con mucho afán,
y como Clota y Servando
eran expertos jugando.
al caballero don Juan.
Acabaron desplumando.

SERVANDO

Mala suerte habéis tenido
Le consolaba Servando
todo lo habéis perdido
y os habéis quedao silbando.
Habéis sido decidido,
obcecado, en pido y pido
y habéis acabao palmando,
pero ya habéis aprendido.

DON JUAN

Pero caro me ha sido
el jugar con tanto asedio
y más me hubiera valido
el no haberlo aprendido.
Mas ya no tiene remedio
aunque estoy arrepentido
de tan enorme dispendio.

SERVANDO

Más algo hay que no entiendo,
y me lo estoy preguntando.

desde que os estoy viendo
Decidme. ¿A que habéis venido?
no nos tengáis esperando,
no sea que el cometido
se os acabe olvidando
y nos quedemos dormidos.

DON JUAN

Pues es que me entró morriña,
recordando el otro día
que hacía un siglo no venía
a charlar con la mociña.
Y ya aprovechando el viaje,
quiero pediros su mano.
Si no os parece un ultraje,

SERVANDO

¿Un ultraje? ¡para nada!
pero hemos de advertiros,
que casi estaba casada.
y antes de decidiros
tendréis que usar la espada.
y con su novio batiros.

DON JUAN

No será ningún problema,
decidme de quien se trata
y pa antes de la cena.
me abre cargado a esa rata.
y una vez eliminado
tendré el campo despejado.
La boda sería en verano.
Sabéis que tengo riqueza,
soy espigado y buen mozo

y sería una torpeza
causarme tan gran destrozo,

DON SERVANDO

Pensaros bien lo que hacéis.
mirad bien lo que os lleváis.
No vaya ser que os caséis,
y por firme que ahora estáis,
pronto de ella os canséis,
y después la devolváis.
Esto no es oposición.
y pa que lo sepáis.
Tenéis nuestra bendición,
más si la sacáis de aquí.
no admito devolución.
no olvidéis que os lo advertí.
y os puse tal condición,

DON JUAN

En eso quedamos, pues.
Y como ya son las tantas
me marcho ya del castillo
que es hora ya de las mantas
Ya se lo diréis después,
cuando la deis este anillo.

SERVANDO.

Ahora, don Juan, retiraos,
que ya es tarde y no hay razón
de continuar la sesión
con veladas o saraos;
Que como buen anfitrión;
mi deber es alertaros;
que le habéis dado al porrón
y debéis estar cansado.

Ya os daremos ocasión.
pa que podáis desquitaos.
Doña Clota, vos quedaros
sentada en ese sillón,
que tengo que comentaros
detalles de la reunión.
Y vos, don Juan, marchad ya.
Marchad ya, que aún tenéis
largo camino de marcha
¡Iros, que, si no podréis,
resfriaros con la escarcha.

Doña Clota se levanta del asiento para despedir a don Juan. Este le besa la mano, le hace una reverencia y se marcha del castillo, pero antes doña Clota le había dicho unas palabras al oído,

DOÑA CLOTA

Don Juan, me hacéis muy feliz
al casaros con la Eulalia,
pues sería un gran desliz
hacerlo con Tarafalia.
Solo me queda decir
que estáis tardando en salir.
y os digo de buena gana,
Id con Dios, don Juan de Aldana,
no os demoréis en partir
aunque lo hagáis con desgana

DON JUAN

Y yo os vuelvo a repetir
¡Adiós Clota, hasta mañana!

Don Juan se coloca la espada en la vaina, se pone la bufanda, se cubre con la capa hasta los ojos y sele del castillo pitando con la dicha de haber conseguido la mano de doña Elena, duquesa de Peñalba pero con la faltriquera vacía.

Por la mañana, en el castillo de los Peñalba, doña Clota y doña Eulalia bajan a desayunar donde las espera don Servando. Estas hacen una reverencia y se sientan para escuchar lo que ha de decirle el duque a su hija.

SERVANDO

Dejaros ya de suspiros
y escuchadme muy atenta
lo que tengo que deciros,
que os va tener mucha cuenta.
Se trata de algo importante
y que os pondrá muy contenta.
¡Si no es hoy!, ¡más adelante!

DOÑA EULALIA

Os lo ruego, padre mío.
le pido que se dé prisa,
y no me meta en un lio
no vaya a entrarme la risa.

SERVANDO

No se trata de dinero.
¿Por qué no escucháis primero?

EULALIA

Es que me da la espina
que esto viene con propina.

SERVANDO

¡Os comunico hija mía
que ya aprobé el casamiento!
¡A ver si no me arrepiento
de hacer esa tontería!
Y os advierto Doña Eulalia
que sabe Dios que lo siento
Pues me encontraba contento
de que fuera Tarafalia.

EULALIA

Tengo que comunicarle.
que no me gusta don Juan;
le veo tan vulnerable.
es gordinflón y gañan,
aunque no voy a negarle
que rico es por demás.

SERVANDO

Pues eso es lo agradable.
Y por eso os lo digo,
que por el mismo motivo
¡Será difícil cazarle!

Doña Eulalia al escuchar a sus padres, y viendo que no tiene salida, se estremece y casi pierde el sentido, da la impresión que lo que le ha dicho su padre no la convence demasiado.

SERVANDO

¿Qué diablos os sucede?
Que rara geta mostráis.
No se si lo hacéis adrede,
o es que acaso os extrañáis.
Mirad, que si lo dudáis,
lo anularé si procede,
antes que os arrepintáis.

EULALIA

¿Qué fue lo que, en mí, viome?
¿Es que acaso lo dudáis?

SERVANDO

Por la geta que mostráis,
eso mismo pareciome

EULALIA

¿Qué decís padre, por Dios?
dejadme que me emocione,

no os extrañe mi estupor
ni esta cara de terror
pues de improviso cogiome.
¡No confundáis con pavor!

SERVANDO

Don Juan es un buen partido,
rico, gentil y valiente;
y por eso he decidido
que sería conveniente
tenerle como marido.

EULALIA

Y será lo inteligente
más la cosa me ha cogido
estando convaleciente
por todo lo sucedido.

Doña Clota se encuentra frente a su hija en el salón de palacio sentada en una silla con cara de no verlo claro

EULALIA

Vos que opináis doña Clota
que os encuentro muy callada
y por la cara se os nota
que le dais a la pelota,
más seguís sin decir nada.

CLOTA

Que tenéis buen repertorio
de novios para el casorio.
No quisiera dar la nota,
más no me toméis por idiota.
y me resulta notorio
y un tanto contradictorio
que el rey no pueda a la sota.
Más si es vuestra voluntad.

Pues adelante, hija Eulalia.
y que si os queréis casar.
¡Que le den a Tarafalia!
que tampoco es de fiar.
Pero después no os quejéis
que la boda con don Juan
tampoco fue buen plan.
Por Dios, no os precipitéis
y controlad ese afán,
no sea que pronto estéis
aburrida del galán,
o que os salga un holgazán
¡Es mejor que lo penséis
que aquí no os faltara el pan
si es que con ello coméis!

EULALIA

Está bien, lo pensaré
pero no me gusta nada
que penséis mal del marqués.
¡No seáis interesada!

SERVANDO

¿Es que no os gusta don Juan?
pensad en que tienen guita
y no os va a faltar de nada.

EULALIA

No es que sea mala jugada,
pero es que aun soy mocita
pa quedarme embarazada

SERVANDO

Lo que importa es la cartera.
y esa esta asegurada,

miradlo de esa manera,
que seguro que os agrada

EULALIA

Pues si me muestro sincera,
no me siento entusiasmada
con la vida que me espera.

SERVANDO

¡Pensad que es de alta esfera!
¡Que es rico y educado!
No es un muchacho cualquiera;
que le tenéis embobado
y lleva mucho en espera

EULALIA

Ya que lo habéis preparado,
no pondré ningún reparo
y aceptaré con agrado
ese bodorrio tan caro

SERVANDO

Entonces ya está to hablado,
lo contrario, sería raro
por lo que hemos hablado.

EULALIA

Os tengo que confesar
que no estoy enamorada,
pero me voy a casar,
pues tengo edad avanzada
y eso me hace cavilar,
que si no es de esta manera
y me lo dejo escapar,
corro el riesgo de quedar,
como una vieja soltera.

SERVANDO

Hacéis muy, bien hija mía,
aprovechad la ocasión.
No hagáis lo que vuestra tía
que perdió hasta la razón
con tanto halago y lisonja
por parte de algún moscón.
Más el novio no acudía
y tuvo que meterse a monja.

EULALIA

Más no quisiera engáñale
diciendo lo que no es.
por tanto, he de confesarle
que no pensaba casarme,
más si que lo voy a hacer
no sea que por negarme,
me vaya a pesar después.

SERVANDO

No quisiera importunarte
mi queridísima Eulalia,
más tengo que preguntarte
que encerrona preparaste
al bueno de Tarafalia.

EULALIA

No me seáis curiosón.
¡Tal vez en otra ocasión!

SERVANDO

Está bien querida Eulalia.
rezaré por tu perdón,
no sé yo si Tarafalia
tendrá la misma opinión.
u os guardara represalia.

EULALIA

Y ya que damos el salto.
Espero padre, que se haga,
un bodorrio por to lo alto
pa que a todos satisfaga.

SERVANDO

Mostráis un poco descaro;
pues no es el mejor momento
para un bodorrio tan caro

EULALIA

Ahora no viene a cuento
que pongáis tanto reparo
del precio que ha de costaros
este extraño casamiento.

SERVANDO

Pienso que lleváis razón
y que habrá que hacer alarde.
¡Pagaremos el salón
con las joyas de tu madre!

Acaba la conversación. Doña Eulalia se marcha a sus aposentos y quedan solos don Servando y doña Clota que mientras acaban de desayunar comentan entre ellos lo que han hablado con su hija.

SERVANDO

Doña Clota, ¿habéis oído
lo que ha dicho esta chalada?

CLOTA

Nada que no hubiera oído
Ya, la semana pasada.

SERVANDO

¿Y por qué me habéis tenido
como novia esperanzada?
Yo siempre había creído
de que estaba enamorada.

CLOTA

Aunque sea una marranada.
Los secretos de mujeres
han de estar con alfileres
pa que no se suelte nada

SERVANDO

¡Hay que gibarse!, ¡como eres!,
¡Madura!, pero ilustrada.
Eso es impropio en mujeres,
cual sus únicos deberes,
son el ser interesadas

CLOTA

Conozco a la condenada,
y lleva vuestro apellido,
y aunque ante vos ha fingido.
¡Ella no está enamorada!

SERVANDO

Pues esto es una faena
para su pobre marido
No sé si vale la pena,
el lio en que se ha metido
al casarse con la nena.

CLOTA

No le deis más relevancia,
Pues carece de importancia

SERVANDO

No se a que te refieres
Con tus eso de las mujeres.

CLOTA

Pues, que yo también dudaba
cuando tú me pretendías,
Si eras tú a quien amaba
O era al rey a quien quería.
Más el tiempo fue pasando
y transcurriendo los días,
mi duda se fue aclarando.

SERVANDO

¿Y ahora es cuando me lo dices?
¿Después de cuarenta años
me venís con este engaño?
¡Tiene la cosa narices!
¡Caray! vaya desengaño.
Pensando que erais de ley.
Aunque me resulta extraño,
que teniendo un pretendiente
de rango más ascendente;
me prefirieses al rey.

CLOTA

¿Pero que me estáis contando?
¿Vais a enfadaros ahora;
porque me esté sincerando?
¡Esto ya se está enredando
por culpa de Pasiflora,
que es la que lo fue cascando.

SERVANDO

Dejemos de discutir.
que nos vamos a enfadar

y hoy nos tocaba cumplir.
con la cosa conyugal

CLOTA

Pues nos vamos a callar
no nos vayamos a herir
y lo haya que aplazar
hasta la feria de abril.

SERVANDO

Eso está muy bien pensao.
Pues para vos es notorio,
que, para el tema amatorio,
no ando nada sobrao.

Don Servando y doña Clota, después de desayunar se dirigen al jardín, se sientan en un banco y continúan dialogando sobre el casamiento de su hija.

CLOTA

¿Qué verán en la chiquilla
que encandila a to el que pilla?
¿Qué le verán don Servando,
que todos marchan silbando?

SERVANDO

¡Dejad ya de ser chismosa
que me estáis acojonando!
¡Vamos a hablar de otra cosa!

Pero doña Clota no estaba a lo que decía don Servando. Ella seguía a lo suyo

clota

Primero fue con Vicente.
Después, con aquel galán
tan guapo y tan eficiente..
y ahora le viene don Juan
tan amable y complaciente
pa desbaratarla el plan.
Por no hablar del caballero
que la regaló el anillo.
Al que acusó falsamente
de colarse en el castillo,
y al que hicieron prisionero
siendo su primo Vicente
el que la hizo el misionero
de modo un tanto indecente,

SERVANDO

No sé qué decir, mi amada,
más algo yo me barrunto
que no me complace nada,
y por eso me pregunto
de manera continuada,
¿Que harían esos dos, juntos
antes de la madrugada.

CLOTA

Bien habláis, amado mío.
Ellos formaron el lio.

SERVANDO

¿Qué vería la criada
cuando se metió en su alcoba
que la dejó tan pasmada;
que hasta abandono la escoba
y se marchó disparada?

CLOTA

Lo puedes imaginar:
conociendo a la criada
que no se a medra por nada.
Algo debió de jipiar
pa quedarse tan pasmada.

SERVANDO

Mas, poco podemos hacer
Vos bien sabéis como es

CLOTA

Pues eso os digo, Servando,
que la chiquilla se case.
Que cuando la boda pase
quedaremos descansando.

SERVANDO

Dudo de que mi cabeza
Se me quede reposando,
pues no tengo la certeza
de lo que estamos hablando.

CLOTA

Esta chica es muy lanzada
como para estar casada

SERVANDO

Pero una vez esposada
quedará más relajada

Don Servando sale del castillo dispuesto a dar su paseo mañanero y andando y pensando en la pedida de su hija, se le fue el santo al cielo.

De pronto se encontró cansado y se sentó en una mecedora que había en el jardín donde pronto se quedó profundamente dormido y hasta soñó con la pedida de la mano de su hija la noche anterior y la conversación que había mantenido con ella esa misma mañana.

SERVANDO, en sueños

He de decirte hija mía
que me pone muy contento
y me provoca alegría
aprobar tu casamiento,
cumpliste cuarenta abriles
y aunque novios has tenido
ninguno te ha convencido
y antes que me jubile
tienes que tener marido.
o alguien que te espabile.

EULALIA

¿De quién se trata el galán
que ha de casarse conmigo

SERVANDO

Pues es guapo y hacendado
que ya ha estado contigo.
¡Como veis, no es un mendigo
ni ningún desharrapado!

Doña Eulalia haciéndose la tonta provoca el que Servando tenga que preguntarla de nuevo.

SERVANDO

¿Pero escucháis lo que os digo?
¿Sabéis lo que os he contado?

EULALIA

Pues claro que os he escuchado.
¿Es el muchacho de Vigo
tan guapo y también plantado

SERVANDO

¡Cerrad de una vez el pico!
No es de Vigo tal galán.
¡Aquel chico era un borrico,
un mastuerzo y un patán,
Este que digo es más rico,
y tiene un más fino hocico.
pues se trata de don Juan.

EULALIA

Me provocáis un suspiro
con lo que me estáis contando

SERVANDO

Pues os miro y os remiro,
y siento que estáis pasando

EULALIA

Perdonad, mi padre amado,
este molesto suspiro
más podéis dar por sentado
que os respeto y que os admiro,
Y haré lo que me has mandado

SERVANDO

Aun así, sigo mosqueado
Pensando que no os agrada,
pues noto que os he dejado
un tanto descolocada

EULALIA

Perdonadme, padre amado
que vuestra charla no siga,
ni me muestre emocionada.
Es que de pronto me ha dado
un dolor en la barriga.
que me ha dejado doblada.
Más es cierto que os he oído,
y si vos me lo ordenáis,
y aunque Juan no es mi elegido,
ya que vos me lo mandáis
le tomaré por marido.
Más ilusión no os hagáis.
no vaya a ser que vayáis
a quedaros resentido.

SERVANDO

¿Por qué debería hacerlo?

ELENA

¿Y si don Juan se arrepiente?

SERVANDO

¡Es difícil de creerlo!

ELENA

Pues no pondré impedimento,
y aceptaré el casamiento

SERVANDO

No os preocupéis por nada
pues la palabra me ha dado
y mientras lo confesaba
le notaba entusiasmado
pero quiero que sepáis
que aun estando enamorado,
discutís y no os casáis.
¡Al menos lo habré intentado!

Don Servando, de repente se despierta sobresaltado y con mal cuerpo por lo que acaba de soñar.

SERVANDO, se despierta sobresaltado

¡Caray con el sueñecito!
Más ahora, que estoy despierto
siento que se me ha abierto
un repentino apetito,
y habrá que echarle alimento.

Nos trasladamos al centro de la ciudad donde la gente deambula por la plaza como zombis desorientados, cada un va a lo suyo y no percata de nada, y menos aún del elegante caballero que acaba de llegar y que en ese momento intenta bajarse de su caballo. El caballero lleva la muerte reflejada en su rostro.

VOZ EN OFF
En la plaza de Castilla;
a la puerta de un tugurio
hay una espada que brilla
presagiando mal augurio.
Su dueño es un guerrero
curtido en cien batallas.
Es un guerrero muy fiero,
muy valiente y pendenciero
al que le sobran agallas,
pa retar hasta al clero.
Lleva un casco por sombrero,
Embutido en negras mallas
que le cubren todo entero,
desde los pies a la cara.

CABALLERO
¡Por las barbas de san Teo
y las almas del abismo!
Decidme si lo que veo
se trata de un espejismo
o es el lacayo Mateo.

MATEO
Es bien cierto lo que veis,
capitán, Mercurio Ahumada
y si aún no os lo creéis,
ver la señal de la espada

que me hicieron entre seis
y que mantengo grabada.

MERCURIO

¡Pues os hacía en España,
con vuestro amo de acampada!

MATEO

No habéis acertado en nada
Vuestra sesera os engaña.

MERCURIO

¿Es que acaso habéis venido
acompañando a vuestro amo?
¡Seguro que está dormido!
¡Dejadme!, que yo le llamo.

MATEO

Tengo que comunicaros
que volvéis a equivocaros.

MERCURIO

Pues hablad, y pronunciaros

MATEO

No quisiera alarmaros
con lo que voy a contaros.
A mi amo han denunciado,
y preso se le han llevado

MERCURIO

¿Qué decís? contadme ahora,
cómo fue y, sin demora.

MATEO

Pues no lo se con certeza
fue un movimiento conciso
pues entraron de improviso,
le cubrieron la cabeza
y aunque mi amo no quiso,

obraron con ligereza
le arrastraron por el piso
faltos de delicadeza.

MERCURIO

¿Pero quién osó tal cosa?,

MATEO

Fue la lengua envenenada,
de una duquesa viciosa,
que se encontró acorralada
y quiso cambiar la cosa
pareciendo ella la agraviada.

MERCURIO

¿Y quién fue la tal fulana
que se atrevió a tal vileza?

MATEO

Se trata de una gran dama
de la más alta nobleza
a quien le gusta la cama
mas que a un tonto una cerveza

MERCURIO

¿Está mal de la cabeza
pa atreverse a tal vileza?

MATEO

Solo puedo asegurar,
Que mi amo fue su presa,
y a pesar de ser duquesa,
es muy poco de fiar

MERCURIO

¿Y cómo osó esa loba
Colar a un tío en su alcoba

MATEO

Como ya le he comentado.
La Eulalia le ha traicionado.

MERCURIO

¿Qué pudo comprometerla
para obrar de tal manera,
¿Es que alguien pudo verla,
tal vez con una escalera?

MATEO

La criada Pasiflora
entró con tan mala suerte.
que pilló a su señora
pasándoselo de muerte;

MERCURIO

¿Y que temía ese pendón
para obrar de tal manera.
sin darle ninguna opción
para que se defendiera.
y apresarle en el mesón
como si fuera un cualquiera?

MATEO

Temía ser denunciada.
Ser ella la encarcelada.

MERCURIO

Mateo. ¿Estáis seguro,
que fue así como ocurrió?

MATEO

¡Pues claro!, por Dios lo juro.
Eulalia lo traicionó.
Eulalia fue la indecente.
La que le adornó la frente
y después le denunció.

MERCURIO

¿Sabéis donde le han llevado,
esos soldados mandados?

MATEO

¿Pa que lo queréis saber?
Ya nada se puede hacer.

MERCURIO

¡Quiero poderle encontrar!
pues rengo un plan preparado
que le podrá liberar.

MATEO

En las celdas de palacio.
Le tienen allí encerrado,
pero tendrá que ir despacio,
pues después de detenerle
le han dejado emparedado
y será difícil verle.
¡Si queréis!, yo voy con vos.
Si os parece, os acompaño.
No sabéis lo que os espera.
Mejor, iremos los dos,
pues tiene una mano fuera,
y sin ayuda de Dios,
no le puede ver cualquiera.

MERCURIO

Hacéis bien en comentallo.
Visitaré a Bonifacio
pues, se bien como tratallo
y una vez, ya en el palacio
intentaré rescatallo.
Hemos de obrar con astucia
y movernos con cuidado,
no vaya a fallar la argucia
y salgamos trasquilados.

MATEO

Que alegrón me dais, señor.
Lo veía todo negro
sin encontrar solución.
Entre la novia y el suegro,
estaba de mal humor.

MERCURIO

No le hagamos esperar,
y como Ahumada me llamo
que lo voy a liberar.
Os Juro por San Mariano
que más tarde o mas temprano
volveréis a cabalgar
al lado de vuestro amo.

En el palacio real, el rey Bonifacio recibe al capitán Mercurio Ahumada de buena gana. El rey se lleva muy bien con el capitán porque éste le ha reconquistado varios territorios que los tenía perdidos debido a su torpeza y mal reinado del que solo se preocupa de grandes fiestas y opíparas comidas y cenas. El capitán Mercurio ahumada no le tiene como santo de devoción, pero es en el bando que le ha tocado luchar y lo acepta de buen grado.

REY BONIFACIO

Pasad, amigo, pasad.
Pasad, que os estáis mojando
pues venís sin resguardar
y el cielo está diluviando
.¿Más me queréis explicar,
por qué venís caminando?

MERCURIO

La vista os esta fallando,
u os habéis fijado mal.
Lo hemos hecho cabalgando,
solo que el animal
se ha quedado descansando.
dentro de vuestro corral.

BONIFACIO

Hace tiempo que no os veo.
¿Qué es lo que os trae por palacio?

MERCURIO

Vengo a veros, Bonifacio,
con mi criado Mateo

BONIFACIO

¿Mateo es vuestro lacayo?
¿No era el de Tarafalia?
Al menos el mes de mayo
iba con el por la Galia.

MERCURIO

Perdonad, ha sido un fallo,
que ahora mismo os lo detallo.
Veréis. Pasaba yo por la Galia,
y con Mateo me topé.
¡Y claro!, Le pregunté
por mi amigo Tarafalia.

BONIFACIO

¿Y que es lo que os contó
que tan mosqueado os dejó?

MERCURIO

Me dijo que está con vos.
Que lo habéis emparedado.
y tan pasmado he quedado

que hemos venido los dos
para ver lo que ha pasado,

BONIFACIO

¿Y para que habéis venido?
¿Qué demonios has tramado
si se encuentra detenido?
¿Qué es lo que os ha traído?
¿Acaso habíais pensado
en pillarme distraído
y sacarle de su estado?

MERCURIO

Pues es que quiero pediros
un favor y, sin doblez,
más no sé cómo deciros
pues existe tirantez

BONIFACIO

Pues hablad ya, de una vez
ya que os habéis decidido
no me dejéis sin saber
cual es vuestro cometido
y os tenga que reprender.

MERCURIO

Quiero que seáis comprensivo
y que lo halláis meditado
y una vez arrepentido,
perdonéis al detenido
y le dejéis liberado.

BONIFACIO

¿Y porque debería hacerlo?
¿acaso lo habéis pensado?

MERCURIO

Porque antes de detenerlo,

tendríais que haber preguntado,
o al menos, de no saberlo,
debería haber sido juzgado

BONIFACIO

¡Es que no puedo creerlo!.
¿Pero quien os lo ha chivado?
¿Quién os contó esa patraña?
¿Quién demonios os ha engañado?
compruebo con desagrado,
lo fácil que se os engaña.

MERCURIO

La criada Pasiflora
se lo chivó al fiel Mateo
y por eso vengo ahora.

BONIFACIO

Pues yo no puedo hacer nada
¿Acaso creéis que Flora;
una estúpida criada
que además de delatora,
mentirosa y malhablada,

va a ser más que su señora
que es por todos adorada?

MERCURIO

¿Entonces debo entender
que nada podéis hacer?

BONIFACIO

Habéis entendido bien.
y habéis dado en el clavo.
Mis jueces ya lo han juzgado
y una vez ya sentenciado

las manoplas yo me lavo
pues todo queda aclarado.

MERCURIO

¿Entonces le habéis juzgado?

BONIFACIO

Justamente es lo que os digo
¿pero es que estáis atontado?

MERCURIO

Pues queda todo aclarado
y con el tema no sigo
no sea que por pesado
me gane algún castigo
que no sea de mi agrado.

BONIFACIO

¡Sí, será mejor que os olvidéis
y de chismes no os fieis.

El caballero Mercurio Ahumada se había dado cuenta de que por esa vía no iba a conseguir nada en claro y por tal motivo decidió cambiar de táctica; conocía sobradamente a Bonifacio y sabia como engañarle. Era consciente de que le gustaba el vino de Cariñena más que a un ratón el queso de cabra y por ahí era por donde probaría.

MERCURIO

Pues entonces majestad
olvidemos del caso.
Os debemos lealtad
y no quiero dar un paso
que os pueda contrariar.

BONIFACIO

Pues eso ya está mejor
Y como vos sois mi amigo
quiero que hagáis el honor,
de entrar y cenar conmigo.

MERCURIO

No os quisiera hacer un feo,
pero si yo entro a cenar
tambien tendréis que invitar
al escudero Mateo.

BONIFACIO

Pues claro que puede entrar
sí es ese vuestro deseo.

El rey Bonifacio les invitó a entrar y les guio hasta el salón de palacio donde se pusieron a cenar una paletilla de cordero cada uno. Durante la cena hablaron de muchas cosas, hasta que salió el tema de las batallas en la que el caballero Mercurio había intervenido y en las que todas había salido victorioso.

REY BONIFACIO

Tengo que reconoceros
Vuestro valor demostrado,
Y es de ley agradeceros
Las guerras que habéis ganado,
los rivales pendencieros ´
a los que habéis doblegado.
Por eso quiero ofreceros;
este cuchillo labrado
Y esta bolsa con dinero

.

MERCURIO

Aunque es de agradecer,
no os lo voy a coger

BONIFACIO

¿Me vais a hacer este feo?
¡No me lo puedo creer!

MERCURIO

Podéis dárselo a Mateo

que tambien ha menester;
y él no os hará ese feo,
que tanto os hace temer.

BONIFACIO

Ya que soy agradecido
por todo lo concerniente.
sigo estando decidido
a mostradme complaciente,
por tal motivo, yo os pido
que aceptéis este presente
por valiente que habéis sido..

MERCURIO

quizá fuese más prudente,
olvidad que os he servido
y dárselo a vuestra gente
que lo tendrá merecido.

REY SERVANDO

Pues no veo conveniente.
el ser desagradecido.

MERCURIO

Me ponderáis rey amado;
más premiad al escudero:
Dadle el cuchillo labrado
Y la bolsa con dinero,

REY BONIFACIO

Veo que os mostráis reacio,
mas no seáis majadero,
que esto sale de palacio
y no me cuesta dinero.

MERCURIO

Pues le voy a ser sincero.

De esa forma si lo quiero

Y Bonifacio se levantó y desapareció del salón. Dos minutos después regresaba con un presente en las manos dispuesto a entregárselo al capitán Mercurio. Era una preciosa daga de plata en un estuche del mismo metal.

BONIFACIO
Os entrego con agrado
algo que tenía guardado
desde hace bastante tiempo
con un enorme cuidado
por si surgía este momento.
¡Por to lo que habéis conquistado!
¡Tierras, Plazas y condados!
¡Tomad! Que lo habéis ganado.

MERCURIO
Pues muchas gracias, señor,
es una daga de plata
que llevaré con honor
por si alguien mete la pata

VOZ EN OFF
Pero el precioso metal
por mucho que relucía,
el capitán intuía
que aquello, más que un puñal
mucho más se parecía
a un arma que estaba hecho
para vengarse de un mal
que le hicieran en su día
a un caballero maltrecho,

que su único delito
fue el de verse liado.
en un romance maldito.
Tendría que tener cuidado
no fuera ser que esa tía
repitiese la manía
y se viera emparedado.

Pero para que eso ocurriera, el capitán Mercurio debería regalárselo a su amigo Tarafalia y antes de poder llevarlo a cabo tendría que liberarlo. Ardua misión cuando el rey se mostraba tan reacio a liberarle y que encima estaría custodiado por la guardia de palacio.

MERCURIO

Os doy las gracias mi rey
más continúo pensando
que como vos, lo veis
quizá estéis exagerando.

BONIFACIO

Dejaros ya de bobadas
y démosle cuenta al vino
que es unas uvas pisadas
de los mejores racimos.

MERCURIO

Si mi rey, que vienen dadas
mas no perdamos el tino
y acabemos dando arcadas.

BONIFACIO

Mercurio, no seas cagón

y mete mano al porrón

VOZ EN OFF

Y continuaron bebiendo
del porrón, a trochemoche
mientras seguían riendo
hasta que se hizo de noche
y el rey la razón perdiendo.

MERCURIO

Y volviendo a Tarafalia.
Un caballero aguerrido.
como no veis por la Galia
¿Algún guardia le ha cogido
en la alcoba de la Eulalia
encamado en su nido?

BONIFACIO

¿Otra vez estáis con eso?
¡Olvidad ya, que está preso!.

MERCURIO

Sí, pero al menos contadme
lo que hizo, para arrestarle
y además, emparedarle.

BONIFACIO

Cuando la guardia llegó,
a su alcoba, esa mañana
ya no estaba el violador.
La encontraron en la cama
lloriqueando a to pulmón.
Más, a él, no se encontró;
solo se hallaba la dama

con su enorme sofocon.
Apenas tenía sentido
pero, aun así, contestó,
que el truhan que la violó
ya hacia un rato que se había ido.

MERCURIO

¿Y vos os lo habéis creído?
¿Es que vos no se mosquea
con la versión de la Eulalia.
Pues no hay tonto que se crea
que por una mujer fea
se la juegue Tarafalia.

BONIFACIO

Más hay un inconveniente
y no es cosa de la Eulalia,
y es lo que piense la gente.
si libero a Tarafalia.

MERCURIO

¿Y a vos que puede importarle
esa gente insoportable?
Yo pienso que es más sencillo
que en lugar de emparedarle
os convendría soltarle
y así ahorraríais el ladrillo.

BONIFACIO

Aunque no podáis creerlo
y hasta os haga reír,
eso no puedo hacerlo.
No puedo dejarle ir.
la muchedumbre al saberlo.
¿Qué opinaría de mí?

MERCURIO

¿Y no podríais majestad
soltarle de tal manera
que esa gente creyera
que tenéis humanidad?

BONIFACIO

No puedo, no insistas más,
cuidao que pesado estas.

MERCURIO

¿Ni, aunque sea por amistad?

BONIFACIO

¡ Ni por eso!, y callad ya
que me empezáis a cansad,
y lo vais a lamentar.

MERCURIO

Como veo que es en vano
que salvéis a ese cretino.
Vamos a darle a este vino
que tenemos en la mano
que más que bueno, es divino.
y además dicen que es sano.

El rey y el capitán se dedicaron a beber vino. El rey bebía sin control que era lo que Mercurio pretendía. Mientras tanto, él simulaba beber, pero en realidad no había dado más que unos sorbos de nada y se hallaba completamente cuerdo y listo para lo que habían venido a hacer.

Cuando el rey, tan borracho como una cuba y que no se podía tener en pie, se quedó profundamente dormido. Mercurio y Mateo consideraron que era el momento de actuar e intentar liberar al caballero Tarafalia.

VOZ EN OFF

Bonifacio había bebido
durante toda la noche.
Sin querer se había dormido
sin pensar en el reproche
que le hiciera un hombre herido
por culpa de doña Eulalia
y que estaba decidido
a llevarse a Tarafalia
y librarle del castigo

MERCURIO: se dirige a mateo

Ya tenemos al rey frito.
¡Miradle!, despatarrado
ausente y despreocupado.
como si fuese un bendito.
Este rey este maldito
y está super valorado!

MATEO

Tenéis toda la razón,
este jodido cretino
se ha trincado todo vino.
que contenía el porrón.

MERCURIO

Es cierto, se ha puesto fino
más nos brinda la ocasión
de dejar libre el camino
pa que entremos en acción.

MATEO

Más debemos darnos prisa
no se le pase el tablón.
y nos cueste la camisa.

Mercurio se planta delante de Bonifacio dormido y con el puñal que el mismo le ha regalado, en la mano, murmura en voz alta.

MERCURIO
Mateo, vos sois testigo
que no es mi intención usarlo
y por eso a Dios le pido
que no me haga utilizarlo
hincándosele en el ombligo.

MATEO
Me da mucho miedo oírle
no quisiera que ocurriera
y por eso he de decirle
que salgamos para fuera.

MERCURIO
Lo que decís es muy cierto.
Démonos prisa. Bajemos,
no vaya a ser que lleguemos
y no le encontremos muerto
Arrimaros a mi pierna.
Id a mi lado, Mateo.
Pero encended la linterna
¡y apuntad, Jo!, que no veo.

MATEO
¡Capitán!. Y el guardia que le vigila,
¿os habéis fijao que feo?

MERCURIO
¡Ahí le tenéis, está tieso!
le habrá atizado al tequila
Baj, no os preocupéis por eso.
haceros con esa vela
y vamos a por el preso.

VOZ EN OFF

Pero Mateo, indulgente
Por si no era suficiente
le atizó un golpe en la nuca
y otro más fuerte en la frente
que le arranco la peluca,
dejándole sin sentido
en el suelo y mal herido
más tieso que Carracuca.
Y al calabozo llegaron
dispuestos y decididos;
en la puerta se encontraron
a dos soldados dormidos.
que tambien los despacharon,
y en el suelo les dejaron
maltrechos y doloridos.

MERCURIO

Fácil no va a resultar
liberar a vuestro amo,
mas le vamos a salvar
como Mercurio me llamo.
y si tengo que matar,
la espada llevo en la mano

MATEO

Capitán, espere un poco,
por si estos se despiertan.
y a los soldados alertan.

Mercurio observa como Mateo agarra una tranca que había por el suelo y se dispone a usarla

MERCURIO

¿Qué vais a hacer, majadero?

estos ya no nos molestan.
No os hacia yo tan fiero

MATEO

Yo de fiero tengo poco,
solo soy un escudero
que recoge este madero
pa atizarles en el coco

MERCURIO

Dejad eso majadero,
que no será necesario.
No ves que los carceleros
roncan mas que un dromedario.

MATEO

Ya que la tranca he trincado,
nada va a poder salvarles.
Presto me pongo a atizarles,
con simpatía y agrado
hasta que queden doblados
pa poder amordazarles.

VOZ EN OFF

Y Mateo así lo hizo.
Porfiado y testarudo,
le pidió perdón al cielo,
y cegado y corajudo
les atizó cuanto pudo
hasta rodar por el suelo.
Les dejó allí tirados
como si fuesen patatas
atados y desarmados
de alimento pa las ratas.

MERCURIO

Vamos, Mateo, daos prisa,

preparaos para entrar,
y soltadme la camisa
que me la vais a rasgar
desde el cuello hasta la sisa.

MATEO

Perdonadme. os lo ruego
no me he podido aguantar
ni dejármelo pa luego,

MERCURIO

¡Vamos, no lo dejemos pa luego
y dejaros de ladrar,
y mostrad vivo ese fuego
que antes solíais mostrar
¿O es que os da miedo entrar?

MATEO

¿Miedo yo que soy de Oviedo?
es que con tan poca luz
he jipiao algo al trasluz
y me he cagado de miedo.

MERCURIO

¿Pero qué me decís, Mateo?
Os hacía más valiente.
más ahora que os veo
me resulta un tanto feo
que os tiemblen hasta los dientes.
Venga, poneos tras de mi
y no le temáis a nada.
que no tenga que decir
que sois gallina desplumada.
Decidme que coños visteis
que tan nervioso os pusisteis.

MATEO

una sombra creí ver
que apuntaba con el dedo
más he de reconocer
que sería cosa del miedo,
o eso me hace creer

MERCURIO

¿Y vos que habéis presenciado
miles de muertos a espada,
y además que sois de Oviedo.
Os sentís acojonado
por una sombra de nada?

MATEO

No hay sombra que a mí me espante
más si no es inconveniente
yo vería más prudente
que vos marcharais delante.

MERCURIO

Pues ya me lo contareis luego,
que tengo el interrogante
que el no querer ir pa lante
es por valor o por miedo

MATEO

Le pido perdón, señor.
Ya está bien de dar el cante,
más os pido por favor
de que me hagáis el honor.
¡Id vuestra merced, delante!

MERCURIO

Pues venga, vamos a entrar
que nos va dar aquí el verano.

MATEO

Por la salud de mi amo;

No podemos esperar,
si queremos verle sano.

MERCURIO

Hemos de reconocer,
que sería comprensible,
que ya estuviese inservible;
pues lleva días sin comer;

MATEO

Creo que hemos venido en vano
pues aquí no se ve nada.
y sin poderla jipiar
me parece que la mano
cómo no la tenga alzada,
la tendremos que palpar
¡Si al menos pudiera hablar
mi señor desde ahí atrás,
la cosa estaría ganada.
podría ponerse a patear,
y no que no se oye nada.

MERCURIO

Lo que dices es muy cierto.
estamos entre penumbras,
como un desenlace incierto;
pues andamos como tuertos
y no veremos su tumba;
la linterna ya no alumbra,
y puede ser que esté muerto.
Mas igual está despierto,
Por la cruz del ataúd,
dirigid pa ca la luz

MATEO¡

¡Pues es to lo que tenemos!;
esta maldita linterna,
debe de encontrarse enferma;
cada vez alumbra menos.

MERCURIO

Será cosa de la pila
que se estará agotando
y por eso no encandila.
Tendremos que ir palpando,
Nos vendría bien una tila,
pal canguis que me está entrando.

MATEO

¿Quién es el miedica, ahora
que el panorama ve incierto
y a la mínima se azora
y parece que está muerto?

MERCURIO

Vos, mucho valor le echáis
pa lo cagado que estáis.
Esta maldita ceguera,
hace cagarse a cualquiera.

MATEO

Mirad, aquí hay una cuerda,
Sabremos por donde vamos.
y aunque no se vea mano,
pues no se jipía una mierda,
así no nos despistamos
y si no vemos a tu amo
no hay miedo que tu te pierdas,
y al menos nos encontramos.

MERCURIO

¡Sí!, vamos a ir palpando
y marcándonos un trazo
a ver si los dos buscando,
nos topamos con su brazo...

MATEO

¡Vale!, yo iré por aquí tocando.
a ver si hay suerte y le cazo

. **MERCURIO**

Hemos de ir con cuidado,
pues esto lo veo muy feo.
¡Más! un momento Mateo
que algo frio he tocado;
y si es como yo me creo,
bien pudiera ser tu amo

MATEO

¡Es Tarafalia!, proclamo.
Aunque todavía, no veo
La silueta de su mano.

MERCURIO

Es un panorama incierto;
No te muestres tan ufano,
Porque igual está muerto

MATEO

¡Esperad!, que ahora le llamo
Y salimos del entuerto.

MERCURIO

¡Hay que tirar la pared!
no existe otra solución
que tirar el paredón

MATEO

¿Y como lo vamos a hacer?;

Solo tenemos las manos

MERCURIO

Si empujamos a la vez,
seguro que la pared,
de un golpe la derribamos.

VOZ EN OFF

Sin pensarlo ni un momento
a empujar de dispusieron
pa derribar el cemento
y Dios, que lo consiguieron.
Le dieron tal costalazo
que la pared, aunque dura
se derrumbó hecha pedazos
al peso de la armadura
y del terrible porrazo.
Allá Tarafalia estaba
paliducho y sin color
y su cuerpo emanaba
un insoportable hedor.
En el suelo le encontraron,
flaco, enjuto y desnutrido
de donde le rescataron,
con pérdida del sentido.
Mercurio se le echó al hombro
dispuesto para marchar
más al empezar a andar,
entre ladrillo y escombro,
tropezó con tanto asombro
que a la pared fue a parar
chocándose con el hombro
con lo que fue a aterrizar
Tarafalia en el escombro.

Mateo no veía consuelo
viendo a su amo en el suelo.

MATEO

Va porrazo le hemos dado
al pretenderle sacar.
A ver si ahora, rescatado
nos lo vamos a cargar

MERCURIO

No te preocupes por eso;
Tarafalia no ha sufrido
por el golpe recibido
¡Mirallo!, aún esta tieso,

MATEO

Pues mi amo, más que tieso,
parece que está dormido.
Más no miento si os confieso
que podría no estar vivo.

VOZ EN OFF

Aun si en estar consciente,
A Tarafalia cargaron
como a un vulgar penitente
y a toda prisa marcharon
en cuanto se levantaron,
pues era lo conveniente.

A la mañana siguiente,
cuando al rey se lo dijeron,
formó un grupo de valientes,
más sin ningún aliciente
tras los fugados partieron

Más todo resultó en vano.
pues ya se hallaban muy lejos
y ya no estaba en su mano

FIN DEL SEGUNDO ACTO

TERCER ACTO

Los caballeros Mercurio Ahumada y Tarafalia de los Montes, seguidos de cerca por el escudero Mateo, salieron del castillo como alma que lleva al diablo y sin pararse a echar la vista atrás. Llevaban dirección, España, Eran conscientes de que allí, Bonifacio no los iba a buscar y por lo tanto podrían vivir

tranquilos durante un largo tiempo. Justo el tiempo que Tarafalia necesitaba para urdir su venganza sobre doña Eulalia y todo aquel que se interpusiera en el camino e intentara impedirlo.

El rey Bonifacio se había despertado con una terrible resaca por la turca que se había pillado la noche anterior. Le dolía la cabeza y no estaba para bromas y cuando los guardianes que habían sido apaleados le comunicaron la fatal noticia de que Tarafalia había escapado, montó en cólera y ordenó que los buscasen por toda la Galia, difícil misión iba a ser que dieran con ellos puesto que se encontraban muy lejos de la Galia y fuera de sus dominios.

El capitán Mercurio pronto se cansó de la vida tan ociosa que llevaban en Toledo, todo era comer y beber, por lo que había cogido diez kilos que hasta le costaba subirse al caballo, entonces decidió partir hacia su tierra de Salamanca en donde, aparte de capitán y caballero del reino, tambien poseía el titulo de marques y dado que a él le había ido mucho más lo de ser guerrero y salir a luchar a los campos de batalla, No estaba seguro de si ahora que todo había cambiado, se dedicaría a llevar una vida tranquila como marques de Ahumada o si por el contrario, volvería a campar a sus anchas, batallando por los campos de Castilla.

EL caballero Tarafalia y su criado Mateo tambien empezaban a cansarse de una vida tan sedentaria y tan carente de diversión como era la que estaban llevando y pensaban regresar a la lucha, solo que ellos lo harían a favor del rey Sancho ii de Aragón, pero justo en el momento que se disponían a prepararlo todo, apareció Aurora por la casa y comenzó a comer la cabeza a Tarafalia reprochándole que pronto se había olvidado de vengarse de la bruja que casi le lleva a la tumba y que aún continuaba sin castigo. eso le hizo cambiar de opinión y preparar un plan para comenzar la venganza. El capitán le había regalado el puñal que a su vez le había regalado Bonifacio y no se separaba de él ni para bañarse.

Aurora había intentado de todas las maneras que Tarafalia volviese a poner los ojos en ella, pero a este no le acababa de llenar del todo, aunque a falta de pan buenas eran tortas y de vez en cuando se juntaban para desahogarse de sus deseos carnales, pero sin pasar de ahí, y no por falta de ganas de la moza que bebía los vientos por Tarafalia.

Pasaron los meses y buen día, ojeando una revista, Tarafalia leyó que una compañía de teatro hacia las delicias por los pueblos que pasaban y eso le dio la idea de que podía introducirse en ella como trovador, pues en dicha revista ponía que esta misma compañía necesitaba uno porque el que Jeromín que era el que habían tenido durante veinte años, se había jubilado.

Lo había decidido, se haría trovador e iría por los pueblos de la Galia enrolado en esa compañía y cuando llegaran a la ciudad, ya pensaría algo para que la bruja que le había vilipendiado no saliese de rositas.

Después de dos años en los que Aurora y él se habían adaptado a la perfección al nuevo trabajo de trovador y a la que, junto a otras tres bellas mozas, le hacían los coros. y eran las delicias del circo por donde pasaban. Siete días después, la

compañía de circo "Gladiador" pisaba la plaza de la Galia dispuesta a dar tres únicas funciones.

En el palacio de los duques de Peñalba tambien habían ocurrido cosas, entre las cuales estaba la boda de don Juan con la duquesa Eulalia Peñalba.

VOZ EN OFF

Más los rumores cesaron
y una mañana en la Galia
el marques y doña Eulalia
en la iglesia se casaron;
más a ninguno invitaron,
y para evitar represalias
tampoco lo celebraron.

Más, querían descendencia,
Y aunque los dos lo intentaron
con denodada insistencia
todas ellas fracasaron.
No quiso la providencia,
y rendidos, lo dejaron

Mas doña Clota y Servando
que anhelaban tener nietos
lo acabaron aceptando;
y aunque nerviosos e inquietos
lo acabaron superando.

Por su parte, el rey Bonifacio después de los tres años en los que no había tenido ni una sola noticia del emparedado Tarafalia y el capitán Mercurio, ya lo había olvidado hasta el punto de que pensaba dar una fiesta en los que iba a invitar a los marqueses de Rocamora, que eran precisamente los suegros del ahora, Marques de Ahumada y al que, junto con su esposa, la hija menor de los marqueses de Trueba, tambien habían sido invitados. Tambien lo estaban los duques de Peñalba, su hija Eulalia y su esposo don Juan y algunos otros nobles de la

Galia y alrededores como lo era el Barón de Alejandría y Vicente de los Monteros, éste último, sobrino de los duques de Peñalba y primo de la duquesa doñas Eulalia.

En el palacio real, la reina Bernardina asomada a la terraza de uno de los torreones contempla como una comitiva de pintorescos carruajes, toman la plaza de la Galia y se instalan en ella. Se trata del circo Gladiador en el que Calixto trabaja como trovador.

VOZ EN OFF
Bernardina lanzó un grito
asomada a la terraza.
BERNARDINA
¡Válgame Dios bendito!
Tenemos circo en la plaza.

El rey Bonifacio que se encuentra leyendo a quince metros de donde está la reina y de paso mirando de reojo a una de las doncellas que en ese momento, pasa por delante de él, le responde desganado

BONIFACIO

¡Ahora os lo iba a decir!
Me han contao que es una ruina
difícil de digerir,
que es una burda rutina
que a nadie le hace reír.
Más tendremos que existir
y darles una propina
pa que puedan subsistir.
Prepárate Bernardina
que, aunque sea una pamplina,
vos os vais a divertir,
coméntaselo a tu prima
por si se quiere venir.

BERNARDINA

Lo de salir, Bonifacio
es idea que me agrada
porque siempre sois reacio
a sacarme de palacio
y ya me tenéis cansada.
Siempre queréis id, solo.
tendréis seguro una amada,
y una ya está hasta el bolo
de ser reina y apaleada.

BONIFACIO

No digáis majaderías,

diciendo que tengo amores,
que no estoy pa tonterías.
Pues estos callos traidores
me han provocao unos ardores
que me van a durar días.

BERNARDINA

Recurrid a los doctores
pa que os den una aspirina
que lo harán de mil amores.

BONIFACIO

No es buena idea, Bernardina.
Me tomaré una tisana
que siempre será más sana
que la jodía aspirina.

Bonifacio y Bernardina llegando al circo y entran en la carpa esperando que empiece la función.

BERNARDINA

¡Mirad!, en ese cartel, pone
que tienen un trovador,

BONIFACIO

Me lo dijo Nicanor
que canta como un tenor,
que todo lo que compone
tiene un aire matador.
Es un pobre desgraciado
que llegó a ser gladiador,
muy valiente y bien mirado,
más el pobre desdichado
cayó en el deshonor,
pues un pendón desorejado
de ultrajarla, denunció

y le dejó destrozado
por lo que se volvió amargado
y se metió a trovador..

BERNARDINA

¿Y que fue lo que paso
pa quedar tan mal parado
que a trovador se metió?

BONIFACIO

La muy bruja le acusó
de que la había violado.
cuando el pobre cantautor
ni siquiera allí, había estado

BERENARDINA

¡Tendría mal la cabeza!
o tal vez sería un pasmado,
de no haberle engañado esa,
otra le hubiera engañado

BONIFACIO

No soy de vuestra opinión,
de tildarle de alelado
pues anda muy bien armado
y está buscando ocasión
para poder ser vengado.

BERNARDINA

¡Caray con el trovador.
La historia me ha recordado
a un tipo medio pasmado

que se creía seductor
y tambien fue denunciado
por un pendejo traidor
de que la había violado,
siendo preso y arrestado
y acabando emparedado
por orden de un rey cagón.
Pero un capitán osado
en un acto de reflejo
llegó medio camuflado
y le salvo el pellejo.
Decían que era de ley,
Bravo, leal y valiente
y que en acto inteligente
emborrachó al mismo rey
con un tinto de Onteniente
siendo el lacayo testigo,
de algo tan trascendente,
logró salvar a su amigo.
Después de tan brava hazaña
y sin comida ni abrigo,
se fueron corriendo a España.
sin dejar ningún testigo.

BONIFACIO

La historia que mencionáis,
no fue como la contáis.
hay cosas que exageráis

BERNARDINA

Pues si tan seguro estáis
venid y me la explicáis.

BONIFACIO

El capitán fue un cretino
y obró de mala manera
echándole algo en el vino
al rey pa que se durmiera
y despejarle el camino,

BERBARDINA

No es ese al que me refiero.
Más ese que vos decís
era un bravo caballero
que por culpa de un mentís
acabo de prisionero.
¿A ese mismo os referís?

BONIFACIO

Sí, a ese truhan me refiero
¿Por qué me lo repetís?

BERNARDINA

Pero aquel, era un marqués.
que debía estar en la ruina.
No tiene nada que ver
con ese que esta en la esquina.
Que seria de aquellos primos
que tan bien os la pegaron
que con vino .o sin vino
al caballero salvaron
dejándoos como un cretino?

BONIFACIO

Creo que todos ellos
continúan en España.
El marqués en Paracuellos
se echó novia y se casaron.
Tarafalia en Villacañas

que es un pueblo de Toledo
y que según me han contado
ahora le ha dao por el juego
y le han dejado desplumado.

De pronto. las luces del escenario se apagan y la función comienza. El rey Bonifacio y la reina Bernardina dentro de la carpa del circo se disponen a ver la función.

VOZ EN OFF

Bernardina se mostraba
contenta, más a su vez,
parecía algo enfadada.
porque ella bien sabía
que su Boni la engañaba.
con to las que conocía,
y alguna que se buscaba.
Su Bonifacio querido
aunque achacoso y ya viejo.
desde joven había sido
un grandísimo pendejo.
mujeriego y presumido,
siempre tenía el entrecejo
cual periscopio encendido.
Pero si se hacía balance,
tambien ella había tenido
alguno que otro romance
que el rey de haberlo sabido
a ella le hubiese ocurrido
de seguro, algún percance
por no haberlo consentido.

Y llegó el turno del trovador que no tardó en aparecer acompañado de sus chicas ataviadas como exigía la actuación.

VOZ EN OFF

El trovador se llamaba
Trovador Calixto Andina,
su trova dejó prendada
a la reina Bernardina,
La trova y el trovador
que trovaba cosa fina
y como sentía un gran amor
le rogó a Bonifacio,
que le invitara a palacio
pa conocerlo mejor.

BONIFACIO

Si ese vuestro deseo,
así lo haré mi señora,
más ahora estaría feo.
Hablaré con el después.

Y eso es lo que el rey hizo, cuando acabó la sesión de la noche, el trovador Calixto Andina acompañó a Bonifacio y a Bernardina a palacio donde quedó invitado a pasar unos días con la condición de que por las noches, tenía que trovar para la reina.

VOZ EN OFF

Y el pobre, Calixto Andina
se fue a trovar a palacio
pa la reina Bernardina
y tambien pa Bonifacio.
Más, era lo que él quería
pa vengar su deshonor,
Ya en palacio pensaría
como vengarse mejor.
Por alguien se había enterao
que el bueno de Bonifacio

iba a dar fiesta en palacio
Y a la Elena había invitao.
No le iba a ser sencillo,
Pues Bernardina le amaba
y con deseo observaba
la doblez del calzoncillo
que el trovador se gastaba.

Gustó tanto a Bonifacio
las trovas que recitaba
que invitó a su palacio
A los condes de Torralba
que eran con quien más trataba.
A los duques de Peñalba,
aunque a estos no tragaba.
Tambien lo haría con su hija
y con su esposo don Juan
sabiendo que era un patán
y ella una sabandija.
A los duques Rocamora,
a su yerno y a su hija
recién casaos en Zamora.
y al barón de Alejandría
al que apenas conocía
y pensaba hacerlo ahora
pa quitárselo de encima.
Era tio de Bernardina
y ella se lo pedía.

XXXXXXXXXXX

Mercurio de Ahumada ahora vivía en España, en Zamora concretamente, y era el hijo de los marqueses de Ahumada. Se había casado con doña Paca, hija mayor de los duques de Rocamora y los que el rey había invitado a la fiesta que iba a celebrar en palacio.

El capitán Mercurio Ahumada como así se le había conocido hasta que decidió colgar las armas para siempre, había abandonado por completo su pasión por ir a batallar a los campos y además había cambiado de aspecto de forma radical cortándose el pelo y vistiendo de acuerdo al decoro que exigía el ser marques. Todo esto le hacía parecer mucho más joven y atractivo.

Sus queridos suegros, los duques de Rocamora, estaban bastante enfermos los dos y no iban a poder asistir a palacio y les habían entregado a su hija y a él, sus invitaciones por lo que no le iba a quedar mas remedio que asistir y de paso volver a ver la cara al rey Bonifacio y esperaba que con su nuevo look, y el paso del tiempo, el rey no le reconociera porque de lo contrario iba a tener que hacer uso de la espada.

Nos trasladamos al palacio de los duques de los Peñalba donde aún son ajenos de que han sido invitados a pasar unos días en palacio.

PASIFLORA
Hay una carta, señor,

y creo que es de palacio
SERVANDO
Pues dámela, por favor,
que será de Bonifacio.
PASIFLORA
¿Y a que se debe el honor
si siempre ha sido reacio
a mostrar algún pudor?

Pasiflora se queda esperando que su amo la conteste y como no lo hace, se empina para mirar de reojo lo que pone la misiva.

SERVANDO
Pues no lo se Pasiflora,
Igual es por su señora
PASIFLORA
Seguro que habrá una fiesta.
SERVANDO
Aquí no lo manifiesta.
PASIFLORA
Pues sin fiesta es una pena.
Una vez que una está puesta,
cualquiera se desmelena.
Y después de una gran cena
se requiere de una orquesta
y poquito de verbena...

SERVANDO
Pero lo que si que dice

que aunque carezca de fiestas,
un trovador cantara
unas trovas muy siniestras
que a todos nos dejará
con la boca medio abierta..

PASIFLORA

¿Tambien invita a la niña
a esa cena que les dan?

SERVANDO

A mi hija y don Juan,
a todos haciendo piña

. PASIFLORA

¿Y tambien a doña Clota?

SERVANDO

Claro que si Pasiflora,
Jolín, parecéis idiota.
y basta ya de chismorrear
no sea que la señora
se presente en buena hora
y os ordene ir a fregar.

PASIFLORA

Ya me largo, don Servando,
pues a lo lejos, ya veo
que por la puerta esta entrando
y se acerca canturreando,
eso que canta Mateo,
y no quiero que vea feo
viéndome con vos charlando.

SERVANDO

Pues hala, marchad con Dios

que os estará esperando,
que se entretenga con vos
que en lo que a nosotros dos
nos dejareis descansando

PASIFLORA
Pues si os estoy molestando
ya mismo me estoy largando
SERVANDO
Ala, ya estáis arreando
que con la lata que dais,
seguro que le cansáis
con lo que le estéis contando.

Y por fin llegó el día que se celebraba la fiesta en palacio real y en el de los duques de Peñalba todos andaban revueltos y nerviosos, incluso mas que el día de la boda de la duquesa doña Elena y don Juan de Aldana que no había sido muy sonado.

SERVANDO
¿Qué leñes estáis haciendo
¿Dónde os habéis metido?
Seguir así, que estoy viendo
que voy a quedar dormido
DOÑA CLOTA
¿No veis que me estoy vistiendo?
aguantad, por Dios os pido
SERVANDO
Pues daros prisa en vestir
que tenemos que partir.

CLOTA

Es que no me entra el vestido
por todo cuanto he comido

SERVANDO

Pues hay que salir pitando
no vaya a ser que lleguemos
y estén ya todos cenando.
¿Y tu que haces Pasiflora?
¿Que leches haces ahora?.

PASIFLORA

Que impaciente sois Servando
¿Por qué tenéis tanta prisa?
¿No veis que os estoy planchando
los puños de la camisa?

SERVANDO

Pues os estoy observado
y os veo un tanto remisa.

CLOTA

Mientras, vos iros peinando,
que tenéis pelos de risa.

SERVANDO

Tal vez fuese conveniente
llevar algo de comida
pues según cuenta la gente,
es noticia difundida,
que en palacio, normalmente
no se come alegremente
ni de forma desmedida.

CLOTA

¿Qué pasan hambre en palacio?
¡pues, eso no me lo creo!
pues según tengo entendido

a nuestro rey Bonifacio
le gusta mucho el papeo,

Servando se va al cuarto de baño para arreglarse un poco y la criada Pasiflora que ha terminado de planchar su camisa, se la deja encima de su cama y se acerca hacia su señora para comprobar si necesita que la ayude a vestirse

PASIFLORA
Buenos días mi señora.
Me comento don Servando
que en menos de media hora
ya os estaríais pirando
CLOTA
Pues ya estáis aligerando,
que hemos de irnos pitando.
PASIFLORA
Pues no le hagáis esperar.
que es un rey muy receloso.
Seguro que a vuestro esposo,
se lo haría hacer pagar.

CLOTA

Sí, pero es que es tan gracioso
que le hay que perdonar.

PASIFLORA

Más defectos tiene a mares,
gordo y con malos andares

CLOTA

Tu que sabrás Pasiflora.
Tiene mujeres a pares.
En la Galia y en Pajares
y una riqueza que aflora.
por todos estos lugares.

PASIFLORA

Pues vaya con él despacio
que, aunque yo siga callando,
no es del todo decoroso
que engañéis a don Servando,
con ese rey tan vicioso.

CLOTA

Tu no vas a decir nada.
Recordad ese detalle
de manteneros callada
u os veréis en la calle.

PASIFLORA

Perded cuidado, señora
que eso a mí nada me toca
y no pienso abrir la boca.
ni después, ni antes, ni ahora
pues estaría yo loca.

ni sería la Pasiflora.

Pasiflora murmura entre dientes algo que doña Clota, apenas llega a entender.

PASIFLORA: murmura entre dientes
Caray como se las gasta,
sabe que soy una tumba
que se calla y que se arrastra
con tal que no se descubra,
los secretos que ella guarda
Ay de ella que sería
si me diera por largar,
primero la mataría
y después la haría colgar.
y a mi me gratificaría
poniéndome a disecar.

CLOTA
Y así debe seguir siendo.
Total. - Yo me conformo con poco

PASIFLORA
Pues no es lo que estamos viendo,
ya que al rey le tenéis loco.
y él no os hace ascos, tampoco
El negarlo, no lo entiendo

CLOTA
Callaros ya endiablada
y calzarme ya el vestido
que me estoy quedando helada.
Y escuchad lo que os digo.
Manteneros bien callada,
que, si largáis, ¡os despido!

Pasiflora desaparece de donde está su ama entendiendo el mensaje.

Aun en el palacio de los Peñalva, doña Eulalia conversa con Magdalena, su criada de confianza que la acompaña allá donde va.

EULALIA
Comentan que el trovador
es muy guapo, el muy canalla,
simpático y seductor
amable y adulador
allá por donde los halla.

MAGDALENA
Tambien he oído, mi ama
que tiene valor y arrojo
y que las lleva a la cama
en un abrir y cerrar de ojos.

EULALIA
Pues anda que no es peligroso
el trovador condenado.

MAGDALENA
Y si además es gracioso,
fácil caer en pecado.
Tendréis que tener cuidado
con ese menesteroso
no tengáis un altercado.

EULALIA

Más me acompaña don Juan
y le tengo muy mosqueao.
Las noticias que le dan
le mantienen trastornado.

MAGDALENA

He de deciros mi ama
que sería conveniente
no abusar de tanta cama
y mostraros más prudente
a los ojos de la gente..
Al menos hasta mañana.

EULALIA

Pues hay que tener narices
pa decir lo que me dices

MAGDALENA

¿Es que ya no recordáis
lo que hiciste a Tarafalia?
¿Tan trastornada estáis
que tan pronto os olvidáis
de que os llamáis doña Eulalia
y a todos vilipendiáis?

EULALIA

¡Pues no lo recuerdo, no!

MAGDALENA

Pues se enteró toda Galia
¡que poca vergüenza, Jo!
lo que hiciste a Tarafalia.

EULALIA

Pues haced como yo hago
que lo malo me lo trago

MAGDALENA

¿Ni siquiera os pone triste

el putadon que le hiciste?

EULALIA

Eso es cosa del pasado
y ya lo tengo olvidado.
Y deja ya de dar la vara
y no os mostréis pesado
o la charla os saldrá cara.

MAGDALENA

Os tendríais que avergonzar
de todo lo realizado,
pero me voy a callar
pues no quiero desairaros
y me lo hagáis pagar.

EULALIA

Dejaros ya de reparos
que no cesáis de ladrar,
y os dejáis de criticar,
o acabareis en el paro.

MAGDALENA

Pues si vos no lo soporta
ya no le digo más nada.
Además, ¿a quién le importa
lo que piense una criada
que de cabeza anda corta?

EULALIA

Eso mismo, Magdalena.
¡Y vamos!, aligeremos,
que cuanto antes lleguemos,
antes nos pondrán la cena.
Lo otro ya está olvidado,

partamos ya Magdalena
que no merece la pena
el comentar del pasado.

MAGDALENA

¿Y que es lo que vais a hacer?
¿Queréis algo de comer
antes de ir a palacio?

EULALIA

¡No!, porque Bonifacio
es hombre de buen meter
y seguro que en palacio
tiene todo a disponer.

MAGDALENA

Sí. nos pondrá una buena jala.
Bonifacio es comilón,
una costumbre muy mala
para él, que es gordinflón.

EULALIA

Iré vestida de gala,
pues el rey es muy ligón
y cuando le de al porrón
lo mismo se me declara,
cosa que viene de lejos,
que se quedó con mi cara
y no sería cosa rara
que me tirara los tejos

MAGDALENA

¡Pues eso, poneos guapa,
que el rey suspira por vos!

EULALIA

Lo mismo se nos destapa

y nos apaña a las dos.
Además, vos bien sabéis
que vamos todo el castillo,
que me acompaña don Juan
y que pondrá to su afán
de que no hay algún listillo
que le pueda dejar mal.
por lo tanto, no os penséis
que va a resultar sencillo
engañar a ese patán..

MAGDALENA

Entonces no es buena idea
que con el rey le enceléis.
Igual don Juan se cabrea
y os hace que lo paguéis
de la manera más fea.

Cinco minutos después, los duques, don Servando, doña Clota, y su hija doña Eulalia con Magdalena, su doncella favorita y don Juan de Aldana, su esposo, partían para palacio.

VOZ EN OFF

Era motivo de fiesta.
Los reyes y convidados
estarían encantados
de comer a mesa puesta
bebiendo despreocupados.

En el palacio real, un criado vestido como exigía el decoro del protocolo, iba nombrando a todos cuantos iban entrando de el palacio real.

VOZ EN OFF

Y según iban entrando,
con la voz de un buen tenor,
un lacayo iba anunciando

todos los que iban llegando
con el máximo rigor.
¡Doña Clota y don Servando!
Doña Eulalia y su señor.
Uno a uno fue nombrando
El Vicente y el Barón.
y así siguió relatando
hasta el último que entró.
El rey quedó fascinado
con la esposa de don Juan
y pensó emocionado
si sería de su agrado
el invitarla a champan.
Más Eulalia que había visto
al trovador de reojo,
pensó que sería Calixto
otro más de sus antojos.

DOÑA ELENA

Es muy guapo el condenado,
Es macizo y bien formado.
¡Pero su cara me suena!
No se si de la verbena,
o le visto en el condado
más va a merecer la pena
el que le haya jipiado.

VOZ EN OFF

Y así pasaron las horas
hasta que llegó la cena,
los señores y señoras
dándole al Cariñena.
Cenaron con opulencia,
con los mejores manjares

que hubiere en aquellos lares,
tragando sin consecuencia
pollos y pavos a pares.
Y puesto que habían bebido
de manera persistente
ninguno había resistido
a tal trasiego metido
por lo que era evidente
que casi tos los presentes
andaban ya resentidos
con la cabeza caliente
con lo que probablemente
acabarían mal heridos
por to lo que habían bebido.
de ginebra y aguardiente

El capitán Mercurio, ahora marques de Ahumada y su esposa la marquesa doña Paca Rocamora que habían aceptado ocupar la invitación que el rey les había hecho en honor a los padres de ella y puesto que estos no habían podido existir por estar enfermos, llegaban a palacio ya de noche. Lo hacían tarde y hambrientos.

DE AHUMADA
¡Jo, que tarde hemos venido!
cuidado que hemos tardado
por el percance sufrido.
Seguro que ya han cenado
y estarán todos dormidos.

DOÑA PACA
Pues creo que no, marques.
Si acaso, estarán bebidos.

Dentro hay luz, ¿o es que no ves?

AHUMADA

Que haya luz no dice nada,
la han podio dejar dada.
Llamaremos a la puerta,
por si aún hay gente despierta.

El marques de la Ahumada aporrea la puerta con fuerza esperando que haya alguien despierto para que le abra.

AHUMADA

¡Abrid pronto, por favor
que la noche esta revuelta.
Daos prisa, abrid la puerta
que hace un frio superior,

VOZ, desde dentro de palacio

¡Empujad, que está abierta!
se oyó desde el interior.

Los marqueses de Ahumada y Rocamora empujaron la puerta y esta chirrió como si la hubiesen clavado una estaca en el corazón, luego entraron en palacio helados como carámbanos y con más hambre que el perro del lazarillo de Tormes.

VOZ EN OFF

Y al palacio penetraron
temiendo ser conocidos,
a los reyes saludaron
sin hacer el menor ruido.

PACA

Buenas noches, majestad,
perdonad nuestra tardanza
pues una dificultad

en medio de la ciudad
nos ha hecho estar en danza.

BONIFACIO

Callad la boca, y pasad,
que tenemos confianza.
Más quién es este galán
que se porta con desmán.
y lleva vuestra alianza.

PACA

Es mi esposo Bonifacio,
caballero y capitán
y tenia gran afán
de conocer el palacio.

**El rey Bonifacio hace un gesto como de no creérselo, pero no dice
nada y les invita a pasar al interior.**

BONIFACIO

Nosotros ya hemos cenado,
pero id a la cocina
y pedirle a Jesusina
que os sirva lo que ha sobrado

VOS EN OFF

Allí nadie se dio cuenta
ni reconoció a De Ahumada.
O no les tenía cuenta
o ninguno sabía nada.
Y reyes y convidados
decidieron retirarse,
borrachos y adormilados
fatigados y cansados
no era para quedarse
pues como estaban pimplados

un porrazo podrían darse.
y quedar perniquebrados.
Y se fueron a dormir.
mañana sería el gran día,
comerían y beberían.
¡Se iban a divertir!
más al pasar doña Eulalia
y observar al trovador
le recordó a Tarafalia
y sintió un gran terror.

En las habitaciones de palacio, antes de quedarse dormidos.

AHUMADA

De la Ahumada, preguntó
con insistencia jocosa
porque algo barruntó
en el rostro de su esposa.
¿Os encontráis bien mi amor?
¿Os ha gustado la cena?
Mas ella no contestó.
¡La paca estaba a otra cosa
no estaba para verbena!

AHUMADA

¿Te he preguntado querida
¿Si os ha gustado la cena
pero estabas distraída?

DOÑA PACA

¿Qué decís? ¿Ah; la comida?
¡Estaba bastante buena!
y eso que estaba escogida.

AHUMADA

Puesto que ya hemos cenado,
solo nos queda decir,
que colorín colorado
nos pongamos a dormir.

PACA

Así lo haremos, Ahumada,
no vamos a discutir
más os tengo que decir
que no nos han puesto almohada.

AHUMADA

¡Querida, no pasa nada,
lo han debido de omitir,
más, esa pequeña bobada,
no nos impedirá dormir!

VOZ EN OFF

Cuando llegó la alborada
y sol salió por Oriente,
el marqués, señor de Ahumada
se levantó de la cama
se vistió rápidamente
y se fue a la palangana
para lavarse la frente
como hacia cada mañana.
Cuando bajó al salón
y observó que estaba solo
y que le habían dao plantón
se vio como un tonto el bolo
en la mitad del salón..

AHUMADA

¿Puedo saber Jesusina
donde están los invitados?

JESUSINA

Con el vino que pimplaron
y el coñac que se atizaron,
seguirán por ahí tirados
con resaca y mal parados

AHUMADA

¡Pues estamos apañados!
¿Y cuánto van a tardar
estos borrachos pirados
bajar a desayunar?

VOZ EN OFF

Y la pobre Jesusina
que empezaba la mañana,
como siempre en la cocina
le contestó con desgana
cansá de tanta rutina.

JESUSINA

No lo se marqués De Ahumada
nadie habla a una criada.
yo sé cosas de cocina,
de lo demás no sé nada,
más si me da una propina
le preparo una tostada
y se la como en la esquina

VOZ EN OFF

Y de la Ahumada mosqueado
hambriento y adormilado,
se sentó para esperar,
más harto de tanta demora
se propuso empezar
junto con su señora

para no desentonar,
Al cabo de media hora,
comenzaron a llegar.
cual moro sin cantimplora
sedientos pa reventar,
con la cara delatora
de que habían dormido mal.

Después de media hora de espera con la cabeza como un tambor a causa de la resaca, comenzaron a bajar todos los invitados a desayunar. El marqués De Ahumada y su señora, doña Paca ya lo habían hecho y esperaban sentados contemplando las pintas con las que bajaban los invitados, los cuales todos sin excepción bajaban con los ojos rojos e hinchados y con las manos sujetándose la cabeza. Así fue como se fue percatando de las miradas lascivas que se dedicaban unos a otros.

VOZ EN OFF
Allá estaba doña Eulalia
y a su derecha un señor,
con cara de represalia
y resultó inevitable
que pensara con horror
si ese tipo miserable
Barón y marques de Galia
habría sido el responsable
del engaño a Tarafalia

Ahumada se percata de las miradas que le rey le dedica a doña Eulalia y le pregunta a Jesusina.

AHUMADA
¿Cómo mira tanto el rey
a la esposa de don Juan?

JESUSINA

Señor marques, ya lo veis,
unos vienen y otros van.
Aquí no existe la ley.
Aquí todo es un desmán.

AHUMADA

Si lo que veo es de ley
y la vista no me engaña
me temo que pronto el rey
buscará alguna artimaña
pa despojarla el jersey
y adjudicarse otra Azaña

JESUSINA

A de saber de la Ahumada,
que la esposa de don Juan
del rey no está enamorada
y aunque el rey se muestre atento,
pues de ella esta prendada
Bonifacio pierde el tiempo.
Pues, cariñoso y gentil
dista de ser galán
y pa la Eulalia no es plan.
Como ese tiene mil.
el que sí le hace tilín,
es el guapo trovador
que, aunque no sea tan pillín,
la ha robado el corazón.

AHUMADA

¿De ese trovador decís?
¿no estaréis equivocada

y sin quererlo mentís?

JESUSINA

Yo, de equivocada, nada,
es verdad to lo que oís.
Os lo dice la criada

AHUMADA

Pues me dejáis cavilando,
yo no he notada nada
y llevo un rato mirando
a esa bruja descarada.
lo que si estoy notando
es que está un poco pirada

JESUSINA

Haced caso a una criada
que aunque esté atolondrada
les vio dándose el filete
junto a aquella empalizada
con un guapo mozalbete
cuando don Juan no miraba.
La moza está enamorada
de un trovador muy guapéate,
que no maneja la espada
más si un puñal de Albacete
muy dispuesto a utilizarlo.
Con una estrella dorada
que reluce más que el sol,
y que con solo mirarlo
causa un tremendo pavor.
Y pienso que el trovador

ha venido pa estrenarlo,
aquí o en el parador.

DE AHUMADA
Pues cuéntame Jesusina,
algo más del trovador.
aquí tenéis la propina
pa que recuerdes mejor
JESUSINA
¡Que os podría decir yo!
Que trova de forma fina,
que es guapo y encantador
y dicen que con las rimas
cuenta cosas de un señor
que producen mucha grima,
y hasta veces, da terror
viendo lo que se avecina.
AHUMADA
La moza que la acompaña
¿me podéis decir quién es?
JESUSINA
Es una novia de España
que le tiene a sus pies,
que le adora y no le engaña,
sin importarle quien es..
Porque no se si sabéis,
¡que ahí, donde vos le veis
El trovador es marques.

El marques se quedó pensativo con lo que le había contado la criada Jesusina. Con lo que él se había olido y lo que le había soltado esa criada parlanchina, estaba convencido de que ese trovador tan guapo como desastrado, no era otro que su amigo Tarafalia que

había cambiado su aspecto y si estaba en palacio era para vengarse de la pérfida que le había traicionado.

VOZ EN OFF

Lo que largó Jesusina
y lo poco que escuchó
por fuera de la cocina,
De la Ahumada, se alertó.
pues le daba mala espina
que aquella cara felina,
fuese la de un trovador
al que todos dan esquina,
mas bien de un conquistador
que se había ido a la ruina
por meterse a jugador

Diez minutos después, todos se habían levantado de la mesa, habían acabado de desayunar y ahora se disponían a pasear por los jardines de palacio

VOZ EN OFF

Doña Eulalia estaba inquieta
viendo como la observaba
sentado en una banqueta
el trovador que admiraba
y salió cual escopeta
cuando nadie la miraba.
Al jardín se encaminó
manteniendo la esperanza
que llegaría sin tardanza

aquel guapo trovador.
Un minuto había pasado
cuando Eulalia divisó
a uno de los invitados
que se encontraba tumbado
en el césped, aún mojado,
y pa allá se encaminó.
¡Era el trovador amado!
¡Era su Calixto Aldana!
del que se había enamorado
de la noche a la mañana.

EULALIA

¡Decidme, guapo galán!
¡Contadme! ¿A quién esperáis?
¿Y como es que no os tumbáis
en un cómodo diván
en lugar de donde estáis?

CALIXTO

¿Y por qué me preguntáis
detalles de ese truhan?
¿Por qué tenéis ese afán?
¿por qué tanto os molestáis
de hablar con un periñan?
es que acaso vos no estáis
desposada con don Juan?

EULALIA

¿Qué curioso sois, mozuelo,
es que tal vez ignoráis,
que mi esposo es un mochuelo
al que le entra el canguelo
cuando fijo le miráis

CALIXTO

Muy poco le valoráis
si de esa manera habláis.

EULALIA

Que pesado estáis, truhan
¿Pero es que no os enteráis
que no amo a ese patán?

.

CALIXTO

¿Y por qué estáis desposada
si es verdad de que le odiáis
y mirarle os dan arcadas?

EULALIA

Pues, para que lo sepáis,
es que me vi obligada,

CALIXTO

Pues por lo que me contáis
me hace deducir que estáis
un poquito embarazada

EULALIA

Pues no es eso, trovador.
es que al galán que yo amaba
comprobé que me engañaba
y no me quedó otro plan
que arrimarme a don Juan
si quería estar casada.
Más para todo hay remedio
y pa salir de ese tedio,
y sentirme animada
tengo que hacer adulterio.

CALIXTO

Pero contadme señora

quien era ese tal galán
que habéis mencionado ahora.

EULALIA

No puedo deciros nada
no quisiera hablar de él,
pues estaba enamorada
y me engaño de forma cruel

CALIXTO

¿Y quién fue ese sinverguenza
que obró con tan mal conciencia?

EULALIA

Vos no le conocéis.
No era nadie de la Galia
por tanto, vos no sabéis.
quien era ese Tarafalia.
Caballero de Toledo
muy valiente y decidido.
pero le importaba un bledo
el hecho de ser marido.
Pendenciero y jugador
mujeriego y libertino
pídole a Dios con fervor,
no cruzarme en su camino

CALIXTO

¡Y yo que os creía fría
y que os habíais pasado
con profunda alevosía!
Más por lo que me has contado
ese menda merecía
todo lo que le ha pasado
y alabo vuestra osadía

de quererle emparedado,
pa que aprenda pa otro día.

EULALIA

Con Don Juan fue un contratiempo,
más no me pude negar
a este cruel casamiento
y me tuve que casar.
Y sabe Dios que lo siento.
Mas dejémonos de penas
y sofócame este ardor
que me entra por las venas,
Juradme que, tras la cena,
subiréis al parador
para acabar con la faena
y saciarme el resacón.

CALIXTO

Esperadme allí, señora,
que a las doce allí estaré.
Acudiré sin demora
y allí mismo os amaré.
Eulalia, ya me estoy yendo,
más con eso que me dais,
os juro que me dejáis
con el corazón ardiendo.

EULALIA

¿Qué yo os dejo sufriendo?
Dios santo. ¿Qué estoy oyendo?

CALIXTO

Podéis creedlo señora
Tocad la cabeza, ahora
veréis como estoy ardiendo
de tanto que estoy queriendo.

EULALIA

jurad que no estáis fingiendo
y ahora mismo, sin demora

CALIXTO

Lo que yo estoy padeciendo
se resuelve en una hora,
Este merluzo os adora,
y no os está mintiendo

EULALIA

Pero respondedme a mi
¿Dónde tu acento escuché?
¿Dónde tu cara yo vi?
¡Decidme, decidme, pues!
pues me muero de interés.
¿Qué es lo que yo he visto en ti?

CALIXTO

¡No sé, señora, no se!
Algún fantasma está viendo,
que la estará confundiendo

EULALIA

Más algo hay que no comprendo
cuando os miro vuestro atuendo

CALIXTO

Pues yo tampoco lo entiendo.
Ni os vi, ni os hablé,
ni jamás os contemplé,
y ahora ya me estoy yendo

que como antes la expliqué,.
debo cambiarme de atuendo.

EULALIA

Sin duda esta calentura
trajo de pronto a mi mente
el recuerdo y la figura
de un caballero demente
que recordé de repente
y me causó esta amargura

CALIXTO

¿Es que aún está caliente
la tierra en su sepultura
y no lo veis conveniente
porque era un caradura?

EULALIA

Es algo muy diferente.
Es una historia oscura.
que os volvería deprimente

CALIXTO

Si me quisierais contar
esa historia gran señora
yo la pudiera trovar.
aunque vos fuerais la autora.

EULALIA

bellísimo trovador,
si la queréis escuchar
acudid al parador,
justo después de cenar
pues sería encantador
que me pudieseis amar
y quitarme este calor.

CALIXTO

Os juro que allí estaré,
a las doce y sin demora.
Por nada me perderé
retozar con vos, señora

EULALIA

De vos soy admiradora.
Con paciencia esperaré
hasta que llegue la hora
y después os amaré.
hasta la luz de la Aurora

Don Servando y don Juan se encuentran en uno de los salones de palacio haciendo tiempo para comer y no pueden pasar por alto las continuas miradas comprometedoras que el rey Bonifacio le dedica a doña Eulalia y esta a su vez, a Calixto que se distrae templando las cuerdas de su lauz. Don Juan se muere de celos y no puede evitar comentárselo a su suegro, el duque de Peñalba.

SERVANDO

Os noto serio don Juan.
Contadme la pena, yerno
si celáis de ese rufián
antes que asen al faisán
puedo mandarle al infierno.

DON JUAN

Creo que no es el momento,
nos tendremos que esperar
pa tal acontecimiento.
el rey lo podría notar
y ordenar fusilamiento

SERVANDO

¿Nos tenemos que esperar

y aguantad el sufrimiento?
DON JUAN
¡Creedme!, ¡podré aguantar
a que pase el mal momento!

SEVANDO
Pues me tendré que aplacar
la rabia que llevo dentro,
fingir y disimular
y aceptad este tormento.
DON JUAN
Calixto no me preocupa,
El trovador es de ley.
El pesar que a mí me ocupa
y al que hay que mirar con lupa
es al petardo del rey.
SERVANDO
No tengáis temor, marques
pues mi hija os adora
nos lo dijo el fin de mes
a mi, y tambien a mi señora
mostrando gran interés,
aunque no lo muestre ahora
y se comporte al revés.
DON JUAN
Eso nadie se lo cree,
pues no necesita un mes,
le basta con media hora
pa ponérmelos al bies.
que en eso es profesora.
SERVANDO
Lleváis toda la razón,

esto no viene de ahora,,
carece de corazón.
Es mala y calculadora
amen de ser un pendón
que con los ojos devora
a to el que lleva pantalón.

DON JUAN

Toda la razón Servando.
Mas callaos que está entrando

SERVANDO

Y ahora lo hace el barón.
con su elegante blasón.

DON JUAN

¿El barón de Alejandría?
maldita sea mi destino.
Pues nos espera un buen día.
¡Oh, cielos, yo me deprimo
con tanta melancolía!

SERVANDO

Madre mía, madre mía.
Ya solo falta su primo
acompañando a esta tía..

DON JUAN

¡He de vengarme, lo juro
y tengo que hacerlo presto!
aunque lo tengo muy crudo.
No puedo seguir con esto,
y antes de hacer un mal gesto
a ese barón tan apuesto
no apuesto por él, ni un duro.

SERVANDO

Yo me ocupo de mi niña,
y vos, don Juan, del barón.
Seremos como una piña
pa acabar con el pendón.
y esa ave de rapiña.

DON JUAN

No, yo me ocupo de la niña
que soy foco de atención.
a esa ave de rapiña
le cruzaré el corazón.
Más tendremos que esperar
para cumplir la venganza.

SERVANDO

Sí, debemos deliberar
la manera de actuar.
Dejemos esta matanza
para después de la cenar
que cogerán confianza
y les podremos pillar,
más torpes, y con la panza
a punto de reventar.

El trovador Calixto anda paseando por el jardín de palacio y se topa con la reina Bernardina que se hace la encontradiza pero que la realidad es que le estaba esperando para intentar convencerle que vaya al parador después de cenar.

BERNARDINA

¿Y decís que sois de España
y vuestra novia tambien?

CALISTO

Vuestro oído no os engaña,
habéis escuchado bien.
Ella nació en buena hora
En un pueblo de Zamora;
y el menda que os cae tan mal
En Toledo capital.

BERNARDINA

Mi intuición es muy extraña
pues tengo mil tentaciones
de meteros a vos, caña
Más tengo limitaciones.
por si mi rey me regaña.

CALISTO

siempre hay algo que lo empaña
y trunca las ilusiones

BERNARDINA

La joven que os acompaña
muestra buenas condiciones

CALIXTO

Pues es una joven maña
que conocí en vacaciones

BERNARDINA

¿Y mantenéis relaciones?

CALIXTO

En contadas ocasiones.
me bajo los pantalones.

BERNARDINA

¿Pero estáis enamorado?
no os veo muy entusiasmado

CALIXTO

¿Ni siquiera lo he pensado?
¿no lo tenemos hablado?

BERNARDINA

Más ella si está prendada.
Por lo que he observado,
esa pobre desgraciada
con creces lo ha demostrado.

CALIXTO

Pues, que me espere sentada
que yo estoy ya muy hastiado
de amoríos que no me agradan.

BERNARDINA

¿Y por qué, si no la amáis,
la lleváis a vuestro lado?
¿y si no es de vuestro agrado,
cogéis y se lo explicáis?

CALIXTO

No me hace ningún mal,
y quiero que lo sepáis
por si os ha dao por pensar
que Aurora me trata mal.

BERNARDINA

Entonces no ha de importar
el que yo os tire los tejos

CALIXTO

Más obremos con prudencia,
a no ser que ella este lejos
es mejor tener paciencia.
Además, no tendría espacio
ni lugar para esconderme
si alguien llega a sorprenderme
y lo chiva a Bonifacio.

BERNARDINA

No os mostréis acojonado,
pues el rey está liado
con el resto del palacio.

CALIXTO

Pues entonces no hay razón
pa ocultar nuestra pasión.

Bernardina se acerca aún más a Calixto y le susurra al oído algo que solo lo escucha el trovador.

BERNARDINA

Hoy me siento atribulada,
rendida y emocionada
como un lindo alelí
que nace en la esplanada..
Cuando yo os conocí,
os juro que me sentí
fuertemente fascinada.
Mi querido trovador
me tenéis enamorada,
y a vos no os costaría nada
el hacerme el honor
de id hasta el parador
pues me siento un tanto ansiada
de vuestra boca, el calor
que me aplaque el sofocón
y me sienta más calmada.

CALISTO

¡Iré, iré, quitaros ese temor!
¡No faltaría por nada
a pasar la madrugada
No tengo ningún plan mejor
que estar con mi reina amada

BERNARDINA

Yo os esperaré en la entrada.
más os ruego por favor,
que no me dejéis plantada
o moriría del ardor
que me tiene arrebolada.

CALIXTO

¡Oh, Bernardina querida!
si ese es vuestro deseo,
no voy a hacerla ese feo
pa que se sienta ofendida.
¡Iré, iré! ya lo creo,
aunque sea mi despedida

BERNARDINA

¿Entonces como lo ves?
¿Os espero a la salida?

CALIXTO

Pues que, si estáis decidida,
podemos vernos después
para amarnos sin medida
hasta que fallen vuestros pies
y ante mi caiga rendida..

BERNARDINA

Así me gusta mi vida.
que demostréis interés
por vuestra reina querida
que yo en alguna medida
más tarde os gratificaré.

CALIXTO

Pues me vendría muy bien.
Haré lo que vos me pida
más permita que le diga
que es pa acabar el mes
pues la cosa está jodida.

BERNARDINA
Será una noche movida
desde la doce a las tres.
pues no me siento querida
desde el día de san Andres.

CALIXTO
Tendréis que ser precavida.
y acercaros a escondidas.
que yo lo haré con cuidado,
mientras que este en palacio
no nos vea Bonifacio
y me deje trasquilado.

BERNARDINA
El rey nunca se ha enterado
de los líos que he tenido,
y si acaso lo ha sabido
tal vez no le haya importado
y lo haya permitido.

CALIXTO
Más aún así, no me fio,
pues tengo mucho vivió.
Obraremos con cuidado
no vaya a buscarme un lio
y me vea emparedado
antes que me haya vengado.

BERNARDINA

¿De quién habéis de vengaros?
¿Quién os ha hecho tanto mal
pa tales motivos daros?

CALIXTO

Detalles no puedo daros,
es un tema personal.
que no podría contaros.
pues se trata de una tuna
que obró con gran descaro
de manera inoportuna,
A ver si tengo fortuna
y puedo vengar mi honor,
por eso iré al parador
alrededor de la una.

BERNARDINA

Cuan grade es mi fortuna.
Con anhelo esperaré
bajo la luz de la luna
y después os amaré
como no os amó ninguna.
Mas no estaría demás
el decirme que me quieres
luego coges y te vas
si es lo que tu prefieres

CALIXTO

Por la justicia divina
y la corona de Jano,
os juro que yo a vos amo.

No temáis mi Bernardina
que aquí mismo o en el rellano
si vuestra merced se anima
yo os amare cosa fina
como Calixto me llamo.

La duquesa doña Eulalia sale a pasear con el barón de Alejandría por los jardines de palacio.

EULALIA

Oh, barón, cuan tiempo hacía
que no veía vuestra cara.
cosa bastante rara.
dada la picardía
de la que soléis hacer gala.
Perdonadme mi osadía.

BARÖN

He estado de cacería,
lo que no hizo que olvidara
el resplandor de tu cara
y vuestra galantería.

DOÑA EULALIA

Me diréis que estoy majara,
pero en sueños os veía
escalando el Peñalara
y de pronto te caías
y te raspabas la cara
y tan feo te ponías
que ya a nadie le gustabas.

BARON

Oh, mi Eulalilla querida
cuanto en falta os he echado.
En el tiempo que ha pasado,
una pasión desmedida
me ha tenido trastornado.

Doña Eulalia masculla para sus adentros algo inaudible que el Barón es incapaz de entender.

DOÑA

Que fortalecida salgo.
Otro al que fuerte le ha dado.
¡Caray con lo que yo valgo
que todos quedan prendados!

BARON

¿Me habéis comentado algo?
Perdón, pero no os he oído

EULALIA

No, no, eso os habrá parecido.

BARON

Os encuentro más delgada
y no os faltara razón
para que estéis enfadada
con este iluso Barón
por no sentiros amada
más ahora es buena ocasión
pa que quedéis desquitada.
Vayamos a aquel rincón
y amémonos con pasión
que nadie nos dirá nada.

DOÑA EULALIA

Ahora no puedo Barón
con don Juan estoy casada.
y no quiero darle opción
que me deje desplumada.
Vos sabéis que él es muy rico
y que tengo que heredar
por lo tanto, he de mirar
que no me parta el hocico.
ni se quiera divorciar

BARON

¿Qué decís, que estáis casada?
Pues si me dais la ocasión
le doy una puñalada
en medio del corazón

y así quedáis liberada.

EULALIA

Habría que preparallo
para que nadie sospechase
y yo pudiera heredallo.

BARON

Eso sería el acabase.
Mas no puedo retardallo
no vaya a ser que se chafe.

EULALIA

Tenemos que urdir un plan
de el que nadie sospeche.
Algo que mate a don Juan
y vos de ello se aproveche
y que a los dos satisfaga.

BARON

¿Y si don Juan no traga
esa excusa que ponéis
por no encontrarla veraz?

EULALIA

Pues entonces abortad
y hacedlo como gustéis.
más si luego os sale mal
a mí no me conocéis,
si os pregunta el tribunal,
decidle muy natural
que, de mí, nada sabéis.
Por lo tanto, antes de hacedlo
debéis prepararlo todo
para que de ese modo
no sea obstáculo vencerlo.

BARON

Pues me ponéis en un brete,
más si no puedo fallar
pa matarlo he de llevar
este precioso machete.
y que no me entre el tembleque
a la hora de matar.

EULALIA

Debéis de tener cuidado
con ese lindo machete.
seguro que os a costado
un puñado de billetes

BARON

Está hecho en Albacete.

con sumo celo y cuidado
Mirad que lustre, que talle,
no puedo dar más detalle
porque me lo han regalado.

EULALIA

Entonces, en eso quedamos,
cuando acabe el trovador
le cito en el parador,
y con la excusa que estamos,
como esposos sin amor,
y pa que nos entendamos.
le pregunto por su estado
y cuando esté confiado.
vamos, y nos le cargamos.

BARON

Es un tanto retorcido,
el plan que me proponéis.
más como vos conocéis
desobra, a vuestro marido.
una vez que lo penséis,
lo haremos sin hacer ruido.
Mas ¿quién le asegura al menda
que cuando mate a don Juan,
yo, que no soy buen galán,
no me cerréis la tienda
y una vez le haya matado
os quedáis con lo heredado
y me mandáis a la mierda?

EULALIA

Debéis creed lo que os diga.
Vos nunca pasareis hambre.
y si incumplo mi palabra

coged el arma macabra
e Hincármela en la barriga
hasta que me desangre.

BARON

Sabéis que sufro por vos
y que haré lo que vos diga,
pero. os lo juro por Dios,
que, si noto algún cinismo;
creed que me da lo mismo
cargarme a uno que a dos.

. DOÑA EULALIA

Os juro por lo que toca
que no debéis de temer nada,
así que cerrad la boca;
no me creáis tan malvada,
que yo por vos estoy loca,
más que loca, enamorada

BARÖN

Creed lo que dice mi boca,
no tendréis que temer nada,
y si a vos alguno os toca
se las verá con mi espada
que mortal y está afilada;
que vencido a muchas tropas
y además esta enfadada.

EULALIA

Más, no os envalentonéis
que lo nuestro es otro plan,
y es que cuando le encontréis
le despachéis a don Juan

y más tarde, le enterréis.

BARON

Así lo haré mi señora,
más cuando le haya matado
y ya os halláis liberado
no me vengáis con demora
ni os entre ninguna duda.
Cumplid lo que habéis jurado
a este barón que os adora
y que mucho se ha jugado
para que vos estéis viuda.

EULALIA

Os prometo mi barón
que soy dama de fiar.
Si me hacéis ese favor
os concederé el honor
de que me podáis amar.

BARON

No es menester que hagáis nada,
yo lo hago de buen grado
y al tiempo poder libraros
de esa boda tan sonada
que tan daño os ha causado.

EULAIA

He de deciros, doncel
que lo de casarnos, ¡nada!,
pues con don Juan me casé
sin estar enamorada
y ya veis como me fue,
y no quiero repetir

el mismo error, varias veces
y no os quisiera mentir,
porque vos no lo merece.

BARON

¿Pues entonces que sugieres?
me tenéis atolondrado-
¿Es que acaso no me quieres?
¿Es que acaso no os agrado?

EULALIA

¡Pero ¡¿qué decís, barón?
¿Es que acaso os lo parece?
Creedme si os apetece
que no sois ningún mojón.

BARON

Pues me mantengo en mis trece
de que os parezco un mojón.
Y si vos no estáis segura,
de aprovechar la ocasión
de que vayamos a un cura
pa que de su bendición.
Es mejor que lo digáis,
aunque yo sufra un montón;
porque me da que olvidáis
que lo que vos maquináis
se trata de una locura.
Y si segura no estáis.
Os digo con gran dolor
que a don Juan la sepultura
se la tendréis que dar vos.

EULALIA

No me hagáis esto, barón,

pues yo os quiero con locura,
pero a mi tanta premura
me causa un gran sofocón
y me entran calenturas
en mi pobre corazón.

BARON

No me queda más narices
que hacerlo como tu dices
A don Juan nos cargaremos
y después nos casaremos
y comeremos perdices,
Pero os advierto, mi amada
que, si no queréis casaros,
tampoco pasaría nada,
libertad podría daros.
De noche podríais marcharos
hasta entrá la madrugada

EULALIA

Todo lo que estáis diciendo,
después ya lo iremos viendo,
pero ahora nuestro plan
es que os carguéis a don Juan.

BARON

Dallo por hecho querida.
Despediros de don Juan,
que os prometo en el zaguán,
que no le veréis más con vida.

En la otra parte del jardín se encuentran Calixto y la que dice ser su novia Aurora, que, aunque éste no está enamorado de ella se deja llevar y la sigue el royo. Ni afirma ni desmiente, se hallan contemplando a doña Eulalia con el Barón, y Aurora se percata de que Calixto no puede apartar los ojos de

Eulalia, confundiendo lo que son las ganas de venganza, que en ese momento siente y que es lo único que le mueve a su amado, con un deseo irrefrenable de ganas de estar con esa mujer.

AURORA

¿La quieres? ¿la adoras?

¿la encontráis encantadora?

pensad que es una traidora.

CALIXTO

¿Qué ladráis buena señora?

dejad de decir bobadas

y dadme la cantimplora.

que me están entrando arcadas

viendo a esa delatora

como nos trata a patadas.

Además, querida Aurora,

estoy fijándome ahora,

que las piernas tiene arqueadas.

AURORA

'¡Pero suspiráis por ella!,

¡no hay más que veros la cara,

¡Que brilla como una estrella

y mira de forma rara!

CALIXTO

¿Le habéis dado a la botella

u os habéis vuelto majara?

AURORA

Nada de eso Calixto,

vos estáis enamorado

¿o creéis que no os he visto

del modo que habéis mirado

al pendón desorejado

a pesar que os hizo cisco?

CALIXTO

No debéis de estar celosa
no es amor lo que yo siento
pues antes del casamiento
me denuncio la asquerosa.
y solo espero el momento
para que a esa tía piojosa
la pinche como a un pimiento
y la entierren en la fosa,
y una vez dado escarmiento
a la duquesa apestosa
se me vaya este tormento,
y a otra cosa mariposa.
No os enceléis linda Aurora
No temáis que no hay razón.
Pues la Eulalia no es señora,
sino un burro percherón.
¡Anda! atúsate esos pelos,
y contesta, por qué ahora,
os han entrado esos celos.
¡Aurora, digna de amor!,
por los santos de los cielos,
buscad a alguien mejor
y aplacad esos desvelos
que os causa este servidor.
sabéis que no os puedo amar
porque un chivato traidor
clavo en mi pecho una flor
de la que me he de vengar.
Cese en ti esa congoja
seca tus rasgados ojos,
y déjame que te coja

en mis brazos, sin enojos.
No celéis de ese pendón,
peor, el que, por su suerte,
en una triste ocasión,
para escapar de la muerte
dejó allí su corazón.
Que, sin merecer reproche,
y sin haberlo buscado,
a eso de la media noche
fui cruelmente emparedado.
No celéis que no es de ley
que para poder vengarme
igual tengo que encamarme
hasta con la mujer del rey.
Ni a ti ni a nadie he de amar
Dejadme con mi desgracia
dejad ya de fastidiar
que lo tengo que pensar
como vengo esta falacia.

Calixto se marcha cariacontecido y de mal humor y se topa con el marqués de Ahumada que le andaba buscando y con el que menos quería encontrarse puesto que era el único que le conocía y por lo, él único que le podía delatar sin querer.

AHUMADA

¡Oh cielo santo!, ¿Qué veo?
Parece que estoy soñando
¡Si es el jefe de Mateo,
y además, trae un cabreo
que me da que está flipando!
Amigo, ya estas largando.
Hablad, haber si me creo
todo lo que estáis pensando.

CALISTO

Perdonadme caballero,
pero yo no sé quién es,
y es por eso que no quiero
daros pistas, buen marques,
pues os noto un tanto fiero.
Os tendré que parar los pies.

AHUMADA

¿Por qué negáis insensato?
¿A que viene ese recato
que con embustes ponéis?
¿Es que no me conocéis?
No me seáis mentecato
u os hago pagar el pato
que es lo que merecéis.
¿Es que acaso no recuerdas
que fuisteis encarcelado
y que yo fui el que os liberó.
que con Mateo y dos cuerdas,
de la pared os sacó.
Es que ya se te ha olvidado
que alguien os traicionó
y un amigo muy osado
de la muerte os rescató.
Más, preguntad a Mateo
que fue é que me lo chivo,
que lo veía muy feo.

CALIXTO

Ahora que lo comentáis,
y de la forma que habláis.
algo hace recordarme
quien sois y lo cambiado que estáis.

¿Cómo podría olvidarme
del tipo que osó salvarme?
¡Cuánta alegría me dais!
y aunque no os lo creáis,
me venís bien pa ayudarme.

AHUMADA

¿Pero a quien me recordáis
vestido de matador?
esa sensación que dais
parece de enterrador

CALIXTO

Es que soy un trovador,
Más a nadie lo contéis,
porque sería delator

AHUMADA

Como iba yo a comentar
un secreto tan guardado
de mi amigo emparedado.
¡Es más! yo te voy a ayudar.
Sabéis que estoy de tu lado.
Mas debemos simular
y montar un paripé.
simula que no me has visto.
Tú me llamaras marques,
yo te llamaré Calixto.

CALIXTO

¿Y qué fue de vuestra vida
durante todo este tiempo?

AHUMADA

Me casé con doña Paca;

una dama de las de ahora,
que es honrada y divertida.
hija de doña Urraca
y del conde Rocamora.

CALIXTO

Se ve que es una señora
aunque, quizá un poco flaca,
comparada con la Aurora,
que sus diez kilos la saca.

AHUMADA

Pero, callad y explicaros.
¿Cómo habéis pensao vengaros?

CALIXTO

Pues cuando acabe la cena
y yo trove en el salón ,
y si la noche esta buena,
comenzará la verbena
arriba en el parador.
Si no, sería una pena
el perder esta ocasión.

AHUMADA

Y una vez que estéis los dos
¿Cómo pensáis darla muerte?

CALIXTO

Pues lo confiaré a la suerte
y que la bendiga Dios.

AHUMADA

Y yo estaré vigilando
por si lleva compañía,

pues según estáis contando
no es de fiar esa arpía.
Me mantendré esperando.
no será espera baldía,
pues según vayan llegando
yo los iré liquidando
como sin fueran sandias
estoqueados y sangrando
les mandaré con su tía.
Ahora vamos a cenar
porque me muero de hambre,
no nos vayan a pillar
y pa poder escapar
haya que derramar sangre.
Me alegro mucho, Calixto.
Poneros en la otra punta
y si alguien os pregunta,
jurad que nunca os he visto.

El marqués de La Ahumada desapareció del lugar dejando a Calixto en el jardín cabizbajo y pensativo. No sabía si el encuentro con su amigo le iba a resultar beneficioso o si por el contrario podría acarrearle problemas.

El rey Bonifacio y doña Eulalia se encuentran por casualidad en el invernadero y se ponen a dialogar.

BONIFACIO

Hola, mi Eulalia adorada
ya tenía yo ganas de veros
para poder ofreceros

esta sortija labrada
que os la compré en Cebreros.

EULALIA

¡Oh, mi rey, que gentil eres!
¿Por qué os habéis molestado,
y por qué a mi me la habéis dado
teniendo tantas mujeres?

BONIFACIO

Es que yo sé que la quieres.
Por eso os la he regalado.
Más como luego no puedo
porque tengo una cita
y quizá no pueda veros,
te ruego que me permitas
que junto a estas margaritas,
os la coloque en el dedo.

EULALIA

¡Es preciosa, Bonifacio!
¿Dónde la habéis adquirido?

BONIFACIO

No me ha costado nada,
me la encontré por palacio,
alguna la habría perdido
o dejado olvidada
y yo solo la he cogido.

EULALIA

Disgustos no quiero daros,
más os veo con tanto afán
que debo de recordaros,
que me casé con don Juan

y no puedo contentaros.

BONIFACIO.

No es mi deseo agraviaros.
más os pido medio día
pa que tengáis valentía
y me permitáis amaros.
A don Juan no importaría
y además, podría pagaros.

EULALIA

Es tanto lo que me dais
que atónita me dejáis..
La sortija con su caja.
El porque me la obsequiáis,
es lo que no me encaja.

BONIFACIO

Por Judas, no se desmaye,
que este don de Bonifacio.
solo es un simple detalle.
que he mangado de palacio.

EULALIA

Me siento muy halagada,
que os tenga en tan gran estima
pues no estoy enamorada
y aun así, vos no escatima
pa que me sienta halagada.

BONIFACIO

¡Baj, es un detalle de nada!
que nos une y nos intima,
y de esa forma os anima
pa luego la madrugada.

EULALIA

¡Pero!, ¿y eso de estar casada,
a vos no le desanima
y le echa para abajo?
Pensad que no ganáis nada
con la reina Bernardina
que os pue mandar al carajo.

BONIFACIO

No le doy ningún valor.
Por tanto, quiero deciros
que en mi no existe temor
y al mismo tiempo pediros
que si podéis permitiros,
cuando acabe el trovador
que escapéis del opresor
y después de escabulliros,
vernos en el parador.

EULALIA

Lo que decís, es buen plan
Juro que lo pensaré
y que si burlo a don Juan
o se duerme en el diván,
a las doce, allí estaré.

BONIFACIO

Solo queda recordar
que, a las doce, os espero.
no me vayáis a fallar
porque de pena me muero!

EULALIA

¡Como me iba a privar
del amor que tanto quiero.

sería desperdiciar
un manjar muy placentero

Y luego desaparecieron cada uno por un lado encaminándose al comedor donde todos los invitados se hallaban ya sentados esperando a que llegaran ya que eran los únicos que faltaban para que los criados pudiesen servir la cena.

En el salón de palacio sentados a la mesa, los reyes y todos los invitados, esperan la cena que no llega.

BONIFACIO

Mientras preparan la cena
y nos calientan la sopa,
tomaremos una copa
de este rico Cariñena
que es muy bueno y no se nota
que hayamos bebido, apenas

SERVANDO

Es un excelente vino,
yo lo bebo de la bota
que tiene un sabor más fino

CLOTA

que esta bueno ya se os nota.
Que tendrá ese Cariñena
que cuando agarráis la bota
os agarráis una buena
y os ponéis un tanto idiota.

.SERVANDO

No la creáis majestad,
pues es cosa bien sabida
el que a mi esposa querida
la entusiasma exagerar,

BERNARDINA

Pues vuestro rey Bonifacio
tampoco de él escatima,
y si se acaba en palacio
se lo bebe en la cantina

CLOTA

¿Y vos que opináis, marques?
¡Mejor dicho, De La Ahumada!
Contadme como lo ves

que no os oigo decir nada.

DOÑA PACA

Al marques tambien le agrada
porque cada dos por tres
se agarra una tal tajada.
que no se tiene de pies.

BERNARDINA

¿Y el caballero don Juan?
¿No le dais al Cariñena?

DON JUAN

¡No le doy porque no es plan!
Ese líquido envenena
y te deja hecho un flan.
por tanto, seria de traca
beber vino con afán
pa pillar una resaca.
Os lo vuelvo a aconsejar;
que no merece la pena,
beber ese Cariñena
pa tenerlo que mear.
y peor si es pa una pena
que vos tratáis de olvidar

BERNARDINA

¿Y que tenéis que olvidar?
¿Acaso no sois feliz
para de esa forma hablar?

DON JUAN

No lo decía por mí,
pero puestos a cascar,
ahora os voy a decir,

lo que queréis escuchar
BERNARDINA
¡Pues contad!, que peináis canas;
¡no nos dejéis con las ganas!

DON JUAN
Me creí ser estelar
cuando solo era aprendiz;
más no me puedo quejar
y tengo que discernir
que al cometer tal desliz
ahora toca apechugar
o vivir siendo infeliz.
BONIFACIO
Una cosa os voy a decir,
dejaros de cotorrear
que se enfría la perdiz
BERNARDINA
Llevas razón, querido,
que no merece la pena
liarnos a chismorrear,
de todo lo que ha ocurrido,
se nos enfríe la cena
y háyala que calentar.
VOZ EN OFF
Reyes, duques y marqueses
poco después de sentarse
comieron pa desquitarse
aceitunas, entremeses
y mariscos hasta hartarse.
Y los pescados llegaron,
congrios, meros y doradas,

diez fuentes abarrotadas
y todas las vaciaron.
y llevaron los asados
y como buenos hermanos
comieron como marranos
hasta quedar empachados.
A todos se les notaba
la cara desdibujada
con pensamientos difusos.
sin saber en que pensaban
todos se comportaban
como si fueran intrusos.
Nadie mostró cierto abuso
más todo cuanto llevaron,
todo se lo merendaron,
y en el plato no dejaron
nada de lo que se les puso.
Las carnes y los pescados
los tomates, los pepinos,
la sepia, los langostinos
los guisos y los asados,
las gaseosas y los vinos.
todo ello se jalaron,
una sopa de primero
pa que fuesen calentando.
Las zamburiñas y el mero
les estaban encantando,
para acabar degustando
un exquisito cordero
traído de Villalpando.
Más abusaron de vino
por las veces que brindaron

y más que ponerse finos,
acabaron colocados
Luego, después de la cena
continuaron parloteando
detalles de la verbena.
y entre charla y charla amena
Ya se les iba notando
el dichoso Cariñena.
y marcharon pal salón,
porque iban a escuchar
al trovador con sus trovas
que solo con ensayar
ya las tenía medio bobas.
Calixto ya estaba listo,
más la Eulalia se decía,
¿o esta cara ya la he visto
o la he cogido manía?

Eran ya las diez pasadas
cuando empezó el trovador
con las mejillas rosadas,
debía de hacer calor.
Iba a empezar la velada,
el trovador en acción,
con actitud desairada
recordando la traición
que le llevó al paredón
en una acción preparada
por una desvergonzada.
Más mantenía la esperanza
de poder vengar su honor
y cuando fuese la una

marcharía al parador.
pa poder vengar su honor
con la ayuda de la luna.

Bernardina y la duquesa
le observaban con pasión,
esperando la ocasión
de pillarle por sorpresa
para darse un revolcón.
Solo faltaban dos horas
que esperarían con pasión
esas dos buenas señoras
arriba en el parador.
Bernardina le miraba
con denodada pasión.
más la Eulalia la imitaba
con idéntica intención.
Querían ser la primera
en pegarse un revolcón,
antes que otra lo hiciera.

El marques y don Servando,
el yerno junto a su suegro
se consumían mirando
y se quedaban pensando
que lo tenían muy negro.
pa seguir disimulando
Don Juan miraba al barón,
el barón a don Vicente,
Vicente al trovador
y el trovador a la gente.
Todos pensaban lo mismo.

Que la harpía les engañaba,
con el tan poco cinismo
que ante ellos se mostraba.
Y entre mirada y mirada
y con profundo dolor
por lo que les esperaba
veían al trovador
que la trova comenzaba.

Calixto había cogido la lira y se disponía a cantar una trova en la que explicaba que a un caballero y marques, la que él creía su novia, le había traicionado vilmente y que su único deseo era el de vengarse a toda costa, pero sin dar a entender que era él mismo quien había sufrido tal traición por lo que nadie podría sospechar de quien era ni lo que pretendía.

CALIXTO

Comienza la trova

Era don Pancho García
un apuesto caballero
que, aunque tieso de dinero
sangre de noble tenía.
era un valiente guerrero
lleno de honor y osadía,
con el espada tan certero
que otro más hábil no había.
En doña Juana Mendoza
los ojos don Pancho puso
más la traición de la moza
a don Pancho descompuso.
Su padre que no sabía,

el embrolló, ¡concertó!
una boda que impedía
al marques, Pancho García
desposarse con su amor.
Doña Juana que tenía
exagerada ambición,
en denunciarlo creía
que estaba la solución;
de esa manera podría
poner fin a tal marrón;
a la vez que salvaría,
su honor y reputación.
Y don Pancho fue acusado
arrestado y hecho preso
más no contenta con eso
quiso verlo emparedado.
Y cuando estuviera tieso
debería ser quemado.

Pero la Juana ignoraba
que un amigo de don Pancho
de la cárcel le sacaba
y se quedaba tan ancho.
Salieron, y sin tardanza
se fueron para Toledo
donde con tiempo y denuedo
prepararía su venganza.
Herido y vilipendiado
maltratado y humillado
juró cobrarse venganza
y cuando hubiese acabado
recobraría la alianza

que con plena confianza
él la había regalado.
Solo debía esperar,
no se fijó horas ni fechas
más pa poderlo lograr
tendría que evitar sospechas
de poderle delatar.
Preparado para el duelo,
enarboló la mirada,
suplicó perdón al cielo
y luego como si nada
le arreó tal puñalada
que cayó redonda al suelo.
Más no contento con eso,
vanagloriando su acción,
pero viéndose otra vez preso,
don Pancho García Cerezo,
unos minutos más tarde
en un acto muy cobarde
se rebañó el pescuezo
llenando todo de sangre.
Y así acaba la historia
del marqués Pancho García,
que Dios le tenga en la gloria.
que no tuvo escapatoria
más, no se lo merecía,

VOZ EN OFF

más no se lo merecía.
Eulalia que conocía
la historia del trovador,
colorada se ponía
y temblaba de pavor

pues con razón suponía
que la historia del cantor
a ella se refería.

Eulalia, viéndose reflejada en esa historia, había palidecido de manera visible; pero aquello no duró mucho rato; enseguida se rehízo y fingió haberle gustado la historia que el trovador había contado

DOÑA EULALIA
con la mosca detrás de la oreja, farfulla para ella.
¡Por los santos del Palmar!
Este trovador sabe algo,
no lo cantó por cantar
¡Más, Calixto no es hidalgo!
¿Por qué he de sospechar?

¿por qué este desasosiego
sí es un simple trovador?
Si es verdad que sabe algo
ya me lo contará luego,
cuando vaya al parador.

Don Juan se acerca hasta donde se encuentra su esposa con el rostro desencajado y visiblemente enfurruñado y le pregunta con recelo.

DON JUAN
¿Por qué vos estáis mirando
con insistencia a Calixto?
EULALIA
Vos os pasáis de listo:
¿es que me estáis espiando?

DON JUAN

Solo os estaba observando
Más no neguéis lo que yo he visto!

EULALIA, sonrojada

No es lo que vos se figura
Es que le deje mi pañuelo
pues se había caído al suelo
y tenía una raspadura,

Don Juan mas mosqueado que cordero en vísperas festivas le responde de forma iracunda.

DON JUAN

¿Queréis que muerda ese anzuelo?
¿Os creéis que nací ayer?
contárselo a vuestro abuelo
que ni él se lo va a creer.
os estáis jugando el cielo
y creo que vais a perder.

Eulalia se ve acorralada y no sabe que decir ni por dónde salir

DOÑA EULALIA

Pues lo que os digo es verdad,
si dudáis de vuestra esposa
pregunta a su majestad
que él os contará otra cosa
que os hará recapacitar.
¿Cómo iba a poner mis ojos
en un simple canturriero
maloliente y andrajoso,
mal cuidado y pordiosero
y que además, está cojo?

DON JUAN

No sé, vos tenéis muchos antojos

y nunca os importó el dinero.

EULALIA

Pues quitaros esa idea
que eso no hay quien se lo crea.

Calixto, que desde el escenario se había percatado de la farsa de Eulalia y pensando que, si no la echaba una mano, igual no era él, el que se vengara de ella, si no su esposo don Juan que estaba tan cabreado por las infidelidades de su esposa que estaba a punto de tomarle la delantera, decidió salir al paso y echarla un capote.

CALIXTO

¡Tomad, y gracias, señora!
no tengáis ninguna duda,
de haber sido salvadora
prestando tan grande ayuda
sin excusa y sin demora,
a tan mezquina figura.

Eulalia mirando a su esposo, respira aliviada.

EULALIA

¿Estáis convencido ahora
de lo fiel que es tu señora?
¿o aún seguís pensando
de que os estoy engañando?

DON JUAN

Convencido y dolorido
de haber dudado de vos.
Todo queda en el olvido,
y os ruego en nombre de Dios,
que perdonéis lo que os digo
pues me siento avergonzado
de los celos que me han dado

EULALIA

Os ruego que no sufráis.

y a mal yo no me lo tomo,
y porque celoso estáis.
¡pedís perdón y, os perdono!
más, no me lo repitáis.

FIN DEL TERCER ACTO

CUARTO ACTO

El parador estaba situado en uno de los torreones de palacio. Se trataba de una gran terraza desde donde se podía divisar toda La Galia por si algún ejercito se disponía atacar. El parador contaba con doce habitaciones, seis a cada lado, separadas por paredes de rasilla y desde donde, desde dentro de cada una se podía contemplar todo lo que pasaba en la terraza y sin ser vistos. El propio rey Bonifacio las usaba de vez en cuando para enterarse de alguna posible traición hacía él o tambien para espiar a su esposa la reina ya que le había dado sobradas muestras de que le era tan fiel como él a ella.

El reloj que había en una de las paredes del torreón marcaba las doce cuando aparecían Calixto y su novia Aurora charlando como si estuvieran solos. Aurora solía acompañarle a todas las partes que iba y aunque esa vez no le convenía a Calixto que le hubiese acompañado, el trovador no había sido capaz de desprenderse de ella ni para ir al wáter.

AURORA

No entiendo vuestro interés
de quedar con esa bruja,
por mucho que seáis marques
ahora ya nada os empuja,
a tratar con ella, pues
aunque fuisteis caballero
fuiste trovador, después
y como tanto os adoro
caigo rendida a tus pies
y desde el suelo os imploro.
obrad con algo más de decoro

y no cometáis tal traspiés.

CALIXTO

No digas inconveniencias,
que solo son tonterías,
lejos de lo que tu te piensas.

AURORA

Mil veces lo habéis contado.
Más no me podéis negar
que aunque os queráis vengar
aún no la has olvidado.

CALIXTO

La habéis cogido manía,
y el odio os tiene presa.
Más corre a esa galería
que se acerca la duquesa.

AURORA

Me voy porque tú lo dices;
más esa arpía, no me gusta;
aunque le echa narices.
con esa geta que asusta.

Aurora se marcha corriendo a una de la habitación que tiene forma de galería y se esconde para espiar a esos dos, pero resulta que no era la duquesa la que venía sino don Servando y don Juan, lo que hace que tambien se tenga que esconder Calixto.

DON SERVANDO

Muy temprano hemos llegado,

por qui nadie se ve,
quizá lo que he escuchado
la hora que habían quedado
yo lo entendí al revés,
o es que ya se han marchado!

DON JUAN

Sino lo habéis anotado;
quizá se os haya olvidado.

SERVANDO

¡Que no, don Juan, que está bien!
se lo escuché al trovador
que vendría al parador
y después, al rey también,
s lo comentó al Barón.

DON JUAN

Me da por pensar, señor
que no hemos tenido fortuna
pues pronto dará la una
y aquí no se ve ni adios.

SERVANDO

No paráis de criticar,
más la duda que os abruma
no la encuentro inoportuna
¿Más si queréis apostar?

DON JUAN

He de deciros señor,
que esta el horno pa apuestas
ni pa lisonjas ni fiestas
si no pa vengar mi honor.

SERVANDO

Jolín don Juan, estáis mal

aunque es algo muy normal
de que os afecte esta historia
porque es algo personal.
me parece que al final
ya dudo de mi memoria.

DON JUAN

Nos deberíamos de ir
y volver algo más tarde

SERVANDO

No os creía tan cobarde,
esperad y haced alarde
que ya los oigo llegar,

DON JUAN

No se enfade don Servando
que ya nos va a dar lo mismo
y una vez que hemos llegado
que no cunda el victimismo
o estaremos acabados.

SERVANDO

Es que estoy anonadado
mostrando tanto cinismo
como el que ha mostrado.

DON JUAN

Está bien, suegro Servando.
más centrémonos ahora
en lo que nos esta pasando,
y hablemos de la señora.
que es lo que os está matando
¿Visteis cómo le miraba
esa pendeja traidora

cada vez que la trovaba?

DON SERVANDO

¡Sí!, la noté ensimismada.
o tal vez enamorada.

DON JUAN

¿Y qué me decís ahora
de esa buena señora?

DON SERVANDO

No puedo deciros nada,
solo que lleváis razón,
y anta tanta desazón
mi boca estará sellada.

DON JUAN

Por cierto, querido suegro.
¿Quién es esa tal Aurora
que acompaña a todas horas
a ese trovador tan serio ?
¿Es que acaso es su señora?

SERVANDO

Dicen que es una novia
que conoció por Segovia.
pero que nació en Zamora.

DON JUAN

Pues se nota que le adora.

SERVANDO

Pues es lo que no comprendo.
Que teniendo una mujer
que le llenara de dicha
que le debe de querer,
vaya por ahí presumiendo
por si alguna se encapricha

y termina sucumbiendo.

DON JUAN

Más que es lo que estoy escuchando
¿No lo oís vos, suegro Servando?

SERVANDO

Sí, ahora lo estoy percibiendo,
son voces que están llegando.

DON JUAN

Pues ya nos estamos yendo,
venid de tras don Servando
que allí seguiremos viendo
lo que aquí esté pasando.

SERVANDO

Mas vayamos caminando,
no es necesario ir corriendo
pues los que vienen hablando,
aún lejos se les está oyendo.

Don Servando y don Juan se esconden en otra de las habitaciones del parador desde donde pueden ver y oír todo lo que allí pasa y se dice

En la terraza del parador hacen acto de presencia el rey Bonifacio y el marques De la Ahumada que vienen charlando de sus cosas.

BONIFACIO

He de deciros, marqués

de que a mi no me la dais,
más por el día que es,
por los pelos os libráis.

AHUMADA

Aliviado me dejáis.
¿Y a que se debe el revés?
¿y por qué lo reveláis?

BONIFACIO

Favores no os hago, pues,
os necesitaré después
para que me defendáis
de to lo que vos veáis
ir contra mi interés;
Ilusiones no os hagáis

AHUMADA

De todas formas, me es grato
poder salvar el pellejo
y aunque no pase un buen rato
matando a ese pendejo.
vuestro mandato lo acato,
pues quiero llegar a viejo,
y si hay que matar, yo mato
y les desuello el pellejo.

BONIFACIO

Más os va a salir barato,
pues necesito tu ayuda,
pero solo será pa un rato.
Es por si en caso de duda,
que a Eulalia la dejéis viuda
y sin el menor recato
pues con ella he quedado

y me temo que su esposo
por alguien se habrá enterado
de este encuentro tan lioso
y se ponga tan cabreado
que se presente hecho un oso
con la idea de ser vengado.

AHUMADA

No os hacía tan tramposo
prepotente y asqueroso,
mas muy claro me ha quedado
el mandato que habéis dado.
Queréis que me cargue al oso
aunque os sea doloroso
y os lo deje despejado.

BONIFACIO

Yo no os quiero ningún mal.
Recordareis que os libré
de aquella muerte fatal,
que de buena forma obré,
y hasta os regale un puñal,
por tanto un consejo os doy
y como tonto no sois.
obrareis de forma leal.

AHUMADA

¿Y queréis que os satisfaga
utilizando la espada?.

BONIFACIO

En caso que haya que hacerlo,
yo mejor no quiero verlo.

AHUMADA

La impresión que me ha quedado

es que sois espabilado

BONIFACIO

¡No os enfurruñéis, marqués!
vuestra impresión es muy vaga
alegraos con la paga
que os sacudiré después.

AHUMADA

¿Y qué pretendéis que haga?
¡contadme!, porque no sé.

BONIFACIO

Solo si llega el momento
y lo vierais conveniente,
daríais muerte al penitente
pues no es lugar ni momento
y tampoco es muy prudente,
matarlo sin fundamento,
haría enfadar a la gente
y mostrar su descontento.
Solo si le veis muy fiero.
sabréis lo que habéis de hacer,
debéis de ser el primero
el que utilice el acero
que yo mismo os regalé.
Ahora comprenderéis
por qué no habéis sido apresado
juzgado y encarcelado
y emparedado después.
¿Os queda claro, marques?

AHUMADA

Me lo llegué a preguntar,
más vos ya me ha contestado,
y con lo que me ha largado
muy clarito me ha dejado
que tendré que claudicar.

BONIFACIO

Y por si no lo sabéis,
bien claro os lo he dejado
pues de sobra conocéis
mi fama de despiadado.

AHUMADA

Algo por ahí he escuchado,
y os digo que lo olvidéis
pues ya estoy enterado

BONIFACIO

Pues queda todo aclarado,
al menos hasta las seis
que ya estaré encamado.

AHUMADA

¿Y desde donde os vigilo
sin que sea observado?

BONIFACIO

Permaneced en la entrada
y mostraros con sigilo.
Y si Juan llega, y vos ves
que llega con mano armada,
con el guante de vinilo
utilizad vuestra espada
en el vientre del marqués.

AHUMADA

A vuestro servicio estoy,
nada debéis de temer,
como guerrero que soy
os juro que después de hoy
no volveréis a ver.

BONIFACIO

Confío en vos, Ahumada,
se que sois de confiar
y como aquí no hacéis nada
y la Eulalia está al llegar,
os pido, que sin tardar,

os vayáis ya pa la entrada.

AHUMADA

pues me marcho decidido,
con mi espada tan hermosa.
porque creo haber oído
la dulce voz de su esposa.

BONIFACIO

Pues abortemos el plan,
y válgame Dios que lo siento,
pues tenemos que escondernos
y dejar lo de don Juan
aplazao para otro momento.
no sea que vayan a vernos.

AHUMADA

Eso haremos Bonifacio
más id vosotros delante
que pa eso sois gobernante
y conocéis el palacio.

BONIFACIO

Así lo haremos Ahumada,
más si alguien se barrunta
esta nueva cacicada
se acerca a vos y os pregunta.
Yo no os he mandado nada.

AHUMADA

¿Y si alguien se interesa
por mi postura tan tiesa?

BONIFACIO

¡Cuanto misterio le dais!

Bonifacio se burla del marques imitándole con voz ñoña

¿Qué es lo que hago con vos?
¿Qué es lo que hago con vos?
Decid que me acompañáis
por temor a que os perdáis.
¡Por eso vamos dos!

AHUMADA

¡Pensáis que estoy atontado!.
Eso ya me lo supongo,
pues de destreza dispongo
para que salgáis bien librado.
Y ahora salgamos corriendo
que como la reina os vea,
no va a haber nadie que se crea
lo que vos está diciendo.

BONIFACIO

Lleváis razón de la Ahumada,
vamos a salir pitando
y hagamos como si nada
porque ya la veo entrando.

Y el rey Bonifacio y el marqués De La Ahumada se escondieron en otra de las habitaciones que estaba abierta y se disponían a ver y a escuchar todo lo que pudiera pasar en la terraza.

BERNARDINA
Es aquí donde quedé
con el hermoso doncel,
más por aquí no se ve
ni el mínimo rastro de él

JESUSINA
¿Y no os habéis preguntado,
por qué se habrá retrasado?

BERNARDIBNA
Quizá tocando el laúd
el tiempo se le pasado.

JESUSINA
O quizá en cama tumbado
recobrando la salud,
pues estaba resfriado

BERNARDINA
Pues es verdad Jesusina,
en eso no había pensado,
y me da muy mala espina
este plantón que me ha dado.

JESUSINA
Le encontré desmejorado
y se acercó a la cocina
y me pidió una aspirina
porque estaba resfriado,

más eso no es suficiente
pa que a la cita no venga,
le verá en el parador.
pues es un tio valiente,
y un diminuto dolor
no será lo suficiente
pa que la de un plantón.
y no hará que se contenga
ni fiebre que le detenga
pa declararle su amor
así que haced el favor
y a menos que no os convenga

BERNARDINA

Pues pronto vamos a ver
si lleváis razón, o no.

JESUSINA

No os puede dar un plantón
sois la reina Bernardina
sería una horrible acción.

BERNARDINA

Pues no le noto emoción,
ni me muestra mucha estima,
y aunque sea la Bernardina,
creo importarle un mojón;
le da idéntico valor
a la reina que a su prima.

JESUSINA

Ese trovador es raro
nunca sabes lo que piensa

BERNARDINA

¿Os ha hablado con descaro?
Os noto un poquito tensa.

JESUSINA

Mas datos no puedo daros,
pues a mi nada me cuenta,
yo solo soy la sirvienta
y más no puedo informaros.
Más si le escuché decir
que siente gran añoranza
y que se quiere morir.
más tiene que resistir
y obrar con más templanza
porque tiene que cumplir
una terrible venganza.

BERNARDINA

¡Jesús, que desesperanza!
más, perdonadme y, seguir.

JESUSINA

Me da que no me queréis oír
y vais a tenerme en danza;
más lo vuelvo a repetir
a ver si esta vez lo alcanza.
Contó que debía desistir
de rebanarse la panza
porque tenía que cumplir
una macabra venganza
y tendría que subsistir
para perpetrarla matanza´
después, ya podría morir.

BERNARDINA

Por los cuernos de san Diego
y las joyas de la dama

¿Sabéis que venganza trama
con tanto desasosiego?
¡Esto es algo que me escama!

JESUSINA

A tanto ya no llegué,
porque me vio, y me largué

BERNARDINA

¡Espero que no haga un drama
¡Y haya que cogerle miedo!

JESUSINA

No, no lo creo mi ama;
vos le importáis un bledo.
No le tengáis ningún miedo,
por lo menos en la cama
nunca nombró a mi ama.
ni en ese instante, ni, luego

BERNARDINA

Ahora que lo comentamos,
lo que decís tiene peso
pues la trova que escuchamos
algo contaba de eso.
Más, un momento Jesusina
parece que se oye algo,
Corramos hacia esa esquina,
y si es Calisto, yo salgo,
soy la reina Bernardina,
que se enteren lo que valgo.

Y la reina Bernardina y su criada Jesusina corrieron hacia otra habitación de las que estaban abiertas, y se apostaron detrás de la puerta a ver y escuchar lo que pasaba en la terraza.

Pero el rey y el marqués de la Ahumada habían oído lo que había soltado la reina por su boca y estaban mosqueados, sobre todo Bonifacio que no se podía creer que la reina Bernardina se hubiese encaprichado del trovador. Ya la ajustaría cuentas, pensó.

AHUMADA, pensativo
¿Qué es lo que mi oído oyó?
que me ha dejao cavilando.
¿qué demonios escuchó?
que me encuentro tiritando
por esa revelación
que la reina está contando
y aunque no habido ocasión,
Bernardina es un pendón
que al rey le está chuleando.

Vaya plancha me he llevado
con la reina y su criada.
Atónito me ha dejado.
esa pobre desdichada.
porque lo que la ha chivado,
Bernardina a su criada,
Con lo de que se ha enamorado.
¡A mí, al rey y al estado,
no nos favorece en nada.
más pienso que de esta jugada,
nuestro rey no se ha coscado,
está pensando en su amada
y se encuentra obnubilado.

No ha creído, para nada
que la reina le ha jugado,
una idéntica jugada
a la que él ha intentado.
A ver si puedo escapar
y avisarle a Bernardina.
que se deje de ligar
y marche con Jesusina.
si no, no se va a librar
de una enorme escabechina..

Que por aquí está su esposo
y nada le va a costar
mandarla un mes de reposo.
Y si además se enterara
de quien es, ese Calixto,
el mismo le rematara

El marqués de la Ahumada oye voces en la terraza lo que le hace regresar de sus cavilaciones y se dispone a ver de quien son las voces que está escuchan

De la Ahumada pone el ojo en la mirilla de la puerta y observa al Barón y a Vicente, el primo de la Eulalia que están charlando desenfadados.

BARON

¿Y vos decís que sois primo
de mi amada, la duquesa?

VICENTE

Sí, y por lo que os estimo,
no os fieis de su belleza
y a olvidarla, yo os ánimo
porque es una buena pieza.

BARON

Si el olvido me deprimo
y no levanto cabeza,
y ni abusando del vino
recupero la entereza.

VICENTE

Os digo que es resbalosa,
pendenciera y casquivana,
y aunque de Juan sea esposa,
se lía como tal cosa
con quien le viene en gana.

BARON

Por muy mal que lo pongáis
yo le voy a echar narices,
y aunque vos os opongáis,
vamos a ser felices.

VICENTE

Pero, ¿es que tanto la amáis
que todo la perdonáis?
¿Es que tan colado estáis?

BARON

Mas que a las codornices,
pero que vos lo digáis
que por ella os descentráis,
me sorprende de narices.

VICENTE

Mala noticia me dais.
Más, ¿eso por qué lo dices?

BARON

Por nada exclusivamente
más fue algo muy sonado
que Eulalia y un tal Vicente
a un caballero decente
dejaron emparedado
¿Es que no os es suficiente?

VICENTE

Baj, eso lo dice la gente
porque me tiene enfilado.

BARON

¿Entonces me aconsejáis
que me vaya a mi condado?

VICENTE

Ese consejo os he dado,
pero hacer lo que queráis.
seguro que no pensáis
que vais a salir trasquilado

BARON

Y por lo que me contáis
es mejor no estar casado

VICENTE

Cielo santo, que pesado.
Veo que no os coscáis.
Yo, ya os he avisado
y si es verdad que la amáis
tanto como de claras
aplicad bien mi recado,
más pienso que exageráis
y no estáis tan encelado
como así me lo cascáis,
más para que no sufráis
haced como que os largáis
y olvidar que habéis estado.

BARON

¡Pero vos tambien la amáis!
¡Os vieron por la ventana
retozando en su cama!

¿o acaso me lo negáis?

VICENTE

No quiero que os ofendáis,
pues solo fue una mañana
y además sin mucha gana.
más si celoso estáis,
os digo de buena gana
que en cuenta no lo tengáis.

BARON

Y yo que la idolatraba
y hasta pensaba en casarme.
Esto es como apuñalarme.
porque no me lo esperaba.
pero tendré que aguantarme
o darla una puñalada.

VICENTE

Pues tomároslo con calma
que tiene más pretendientes
que quieren partirla el alma´

BARON

¿y quiénes son esas gentes
que quieren partir sus dientes?

VICENTE

Un trovador indigente
que debió de ser hermoso
pero que ahora es un rastrojo
tan vulgar e indiferente
que le no entraría por el ojo
si ella fuese decente.
Un guerrero muy valiente,
lleno de orgullo y arrojo
que quiere rajarla el vientre,

un marido receloso
cansado de hacer el oso,
un padre que está ultrajado
que debe de andar furioso
por la vida que le ha dado,
hasta un bravo caballero,
marques aunque sin dinero
que vilmente fue acusado
de haberla violado.
y no debía ser tan fiero
porque acabó emparedado.

BARÖN

¡Por los clavos de un arado
y los chanchullos del clero!
¿Y se murió el condenado?

VICENTE

Un milagro lo salvo,
y eso que él, era ateo,
pues lo tenía tan feo.
que en el averno se vio.
más un capitán vigoroso
en acto muy peligroso
de la pared rescató.
Más hay gente que murmura
que a causa de tal faena,
la Duquesa no anda buena
y tiene difícil cura.
Pues un sueño la tortura
la atormenta y la condena
pues piensa, y no sin cordura
que al no darle sepultura

cualquier día le da la vena,
viene a casa y la cercena.
Que el maleficio perdura,
y en noches de luna llena
aquel pobre desdichado
sale de la sepultura
y vaga como alma en pena
gritando por las almenas
como un loco desquiciado.
que hasta que no mate a esa hiena
no quedara descansado

BARON

¡Válgame Cristo !, ¡Qué horror!
esa historia da pavor.

VICENTE

Sí, hasta yo siento temor
y eso que bien la conozco,
pero ante vos reconozco,
que esa mujer da terror.
Y que se cuide el guerrero
que Eulalia no es de fiar,
no se vaya a confiar
y le mate ella, primero

BARÖN

¿Y a los demás, me habéis dicho,
qué tambien los deshonró?

VICENTE

A todos vilipendió.
Ya le dije que era un bicho.

BARON

Por la luna embarazada
pues más infamia no cabe,

218

de esa mujer es malvada.

VICENTE

Más los que no se sabe,
lo que le contao, no es nada

BARON

Pero callad un momento
¿No escucháis cierto murmullo
retumbando en el cemento?

VICENTE

Sí, Barón, ahora lo siento.
Será un pretendiente suyo
porque parece contento

BARON

¡Pues no!, no se trata de un capullo
al que pueda dar tormento.
Si la vista no me engaña
en nuestro rey Bonifacio
que parece muy contento.
No se como se las apaña
para escapar de palacio

VICENTE

Escondámonos, Barón
que no es bueno que nos vea
no sea que venga mosqueón
y nos toque la más fea.

Y el Barón de Alejandría y el primo Vicente corrieron hacia una de las pocas habitaciones que quedaban sin ocupar.

El rey Bonifacio se presenta en la terraza del parador y el marques de la Ahumada que le ve llegar sale a su encuentro visiblemente angustiado por lo que tiene que contarle.

BONIFACIO

Por las barbas de Cupido
¿Dónde os habíais metido?

AHUNADA

Pues buscándole, señor
para darle una noticia
que le va a causar pavor.

BONIFACIO

Gracias a Dios que os veo
mi buen amigo, De Ahumada
por más que digáis, ¡yo creo!
que tendréis que usar la espada.
pues no hay más que malandrines
que conspiran contra mí.
son un atajo de ruines
que solo velan sus fines.
para bien poder vivir.

AHUMADA

¿Y por qué no lo dejáis
ahora que estáis a tiempo?
¿Por qué no cogéis y os vais
y quedareis más contento?
pues pudierais enteraros
de algo sin fundamento
que no habría de gustaros.

BONIFACIO

Que es lo que estáis ocultando
¿Qué demonios escondéis?
¿Es que acaso estáis tapando
a alguien que conocéis?
¡más hablad si no queréis
caer al suelo sangrando?
que es lo que os merecéis.
por seguírmelo ocultando.

AHUMADA

Lo vi desde aquella esquina,
y pienso que no sabéis
que la reina Bernardina
pone los cuernos al rey.
o bien a vos guarda inquina
o no os tiene mucha ley
para daros tal propina.

BONIFACIO

¿Sabéis lo que estáis contando?
¿Estáis seguro de ello?
¡Mirad que os jugáis el cuello!
¡más ahora que estoy cavilando!,
el trovador es muy bello
¡y no seria un descabello

que de mi se este cansando!

AHUMADA

Creedme, no estoy mintiendo
vos mismo lo está pensando,

BONIFACIO

Pues la noche me estáis dando
con lo que está sucediendo,
que por lo que estoy viendo,
me voy a quedar silbando.

AHUMADA

Os juro que lo comprendo.
Yo mismo lo presencié,
es pa marcharse corriendo
y pa nunca más volver.

BONIFACIO

¡Baj, no le deis tanta importancia!
que os encontrareis mejor.
pues no es de gran relevancia
ligar con el trovador.
Y si ella se consuela
camelándose al bufón,
no creo que por esa acción
la traten de mujerzuela
ni de que sea un pendón..

AHUMADA

Pues yo, ya os lo conté
y me he quedado tranquilo
pues desde que lo escuché
he tenido el alma en vilo
y no sabía qué hacer.
si contarlo de una vez
o de obrar con más sigilo.

VOZ EN OFF

Más un ruido de repente
les hacía sospechar
que se acercaba más gente.
y se tenían que pirar.

AHUMADA

Por este pasillo, huyamos
y escondámonos de prisa
porque en medio de él estamos
y si nos ven de esta guisa
por Dios, que no lo contamos.

Y el rey Bonifacio y el marqués de la Ahumada se escondieron en la única habitación que quedaba con la puerta abierta ya que todas las demás estaban cerradas a cal y canto.

En la terraza del parador aparecen la duquesa Eulalia y su criada de confianza, Magdalena, y lo hacen charlando alegremente pensando que son ellas las primeras que han llegado a la cita y ajenas a que todos los demás las están viendo y escuchando.

MAGDALENA

Vaya con mucho cuidado
porque esto está tan oscuro
que no hubiese apostao ni un duro
llegar como hemos llegao.

EULALIA

¿Oscuro dices? ¡por Dios!
yo lo encuentro iluminao.

MAGDALENA

¡Permitid que en ello insista!
¿No está oscuro para vos?
Pues, yo no veo ni la pista
que decora el parador.

EULALIA

Siento deciros que no
por mucho que vos persista

MAGDALENA

Está claro que las dos
no tenemos igual vista

EULALIA

Mira que sois alarmista,
vale, que nos conocemos
y no os tengo por muy lista,
es mejor que lo dejemos.

MAGDALENA

Es mejor ser pesimista
y que no nos confiemos.

EULALIA

Así que esas tenemos.
No os creía tan bromista

MAGDALENA

Sin duda en vos el amor
es un fuego que os alumbra
y que troca para vos,
en claridad la penumbra
y la sombra en resplandor
. En cambio, en esta criada
que carece de futuro
y de amor está negada
toda le parece oscuro
porque está desanimada.
Y yo que nunca he sabido
de la dicha del amor
porque así quiso cupido.
No es nada de alentador,
por lo tanto, no he tenido
el fulgor que tenéis vos.
Cuando a sitio oscuro voy,
un infortunio macabro
me acompaña como hoy;
cuando más segura estoy,
tropiezo y me descalabro.
Y de ahí me viene ese miedo;
que demos con un guijarro
y acabemos por el suelo.

EULALIA

¿Pero es que no podéis callaros?
ya está bien de dar la chapa,
porque a mi no se me escapa
que lo hacéis para piraros.

MAGDALENA

No quería molestaros
ni daros ningún disgusto.
más ahora que me he callado,
podéis seguir vuestro curso
y pensad que no os he hablado

EULALIA

Es que aquí hemos llegado
pa encontrarnos con Calixto
y por más que yo he mirado
por ningún lado lo he visto.
y todo lo que he logrado
con vuestros chismes soberbios
es ponerme de los nervios
con la charla que me has dado.

MAGDALENA

Pues perdonadme, mi ama
no me he podido callar
pero pienso que mañana
de otro modo lo verá.
Si Calixto no ha venido
a la cita, al parador,
el solo se lo ha perdido,
más no le toméis rencor.

EULALIA

¿podéis callar un momento?
Dejad de darme la vara
Dejad de darme tormento
que se me crispa la cara.
y se me pone mal gesto.

MAGDALENA

Me parece que oigo gritos;
corramos para escondernos
porque aquí podrían vernos
algunos de esos malditos,
que nos quiere en los infiernos.

Y la duquesa Eulalia y su doncella personal, Magdalena, corrieron hacía una habitación que tenía la puerta abierta porque debía de haber salido alguien de ella

El rey Bonifacio y el marqués de la Ahumada vuelven a la terraza, pero siguen sin encontrarse con Eulalia, que es lo que pretende el rey, en cambio, la duquesa que bebe los vientos por Calixto, con Bonifacio es la última persona con la que le apetecería encontrarse, por suerte se han podido esconder a tiempo y el rey no se ha coscado de su presencia en el parador.

BONIFACIO

Es tan bella y delicada
que ignora lo que es maldad.
tan alegre y animada
que trasmite mucha paz.
Me apeno por su marido
y me remuerde en exceso
que, por estar abatido,
me haya servido de eso.
Y aún más confuso estoy yo
por traicionar a mi esposa.
que es dama muy virtuosa
y que jamás me engañó.
Pero cuando el amor azota
y clava su dardo cruel,
da lo mismo, listo o idiota.
¡No puedes escapar de él!
os pilla y os acogota.

AHUMADA

Dejad ya de dar la nota
y mostraros más prudente
que se escucha venir gente;
no os tomen por idiota.

BONIFACIO

La Eulalia aún no ha llegado,
por lo tanto, esperemos
en aquel banco sentados
para que no nos cansemos.

AHUMADA

Vuestra aptitud me da risa,
y no estimo conveniente

que nos pueda ver la gente,
¡Escondámonos, deprisa!
puesto que los dos lo sabemos
que sería más prudente
que ahora mismo nos piremos
y al que llega no hacer frente
no sea que nos la carguemos
porque él sea más fuerte..

BONIFACIO

Ve delante, por allí,
pues si me choco o tropiezo,
antes que me toque a mí,
debéis de cargar vos, con eso.
O si me ataca don Juan
o el mismísimo Barón,
porque igual están celosos
y ante hombres tan furiosos
hay que tomar precaución.

AHUMADA

Razón tenéis en verdad,
que vuestra vida es sagrada,
y pa poder evitar
que ocurra una animalada,
poneos detrás, majestad
pa que no os ocurra nada.

BONIFACIO

No sé qué haría sin vos.
Sois mi ángel de la guarda
que del cielo manda Dios
pa que me cubráis la espalda.

AHUMADA

Más debéis tenerlo en cuenta

pa cuando acabe esta afrenta.

BONIFACIO

Vale que lo recordéis.
pero os tendrá mucha cuenta
Vuestro dinero tendréis
y viviréis de la renta.

El rey y el marques se volvieron a esconder porque había escuchado
voces y estas era de un hombre y una mujer por lo que Bonifacio
pensó que no debía de tratarse de la duquesa ya que había quedado
con ella y debería venir sola o a lo sumo con su criada.

En la terraza aparecen Calisto y Eulalia que se habían encontrado
por casualidad.

CALIXTO

¡Que Dios os guarde, mi ama!
que por fin os he encontrado,
que me tiré de la cama,
pues con vos había quedado;
aunque lo hice sin ganas

porque estaba constipado.

EULALIA

Si lo hacéis por esta dama,
será porque os he gustado

CALIXTO

podéis jurarlo, mi ama
que de vos sigo prendado
y que os llevaré a la cama
aunque quede desmayado.

EULALIA

Y lo hacéis con la poesía
que venís por dicha mía
a donde mi amor os llama.
¡Os digo de buena gana
que me dais una alegría
aunque no tengamos cama!

CALIXTO

¿Baj? no digáis más tonterías
que lo vais a hacer un drama.

EULALIA

Gracias a ti, trovador
por atender mi recado
y venir con tanto agrado
a nuestra cita de amor
que es pa lo que hemos quedado.
Pues os digo con pasión
que de vos yo me he prendado
y si sois de mi opinión,
me quedaré a vuestro lado
pa darnos un revolcón.

CALIXTO

A mi lo mismo me pasa,

vuestro cuerpo me cautiva
me encandila y me motiva
con un fuego que me abrasa
y me lleva a la deriva
igual aquí, que en mi casa
lo mismo abajo que arriba.

EULALIA

Vamos a despreocuparnos
y amémonos con pasión
pues es una buena ocasión
para poder desfogarnos
y saciad el calentón.

CALIXTO

¡Quien soy yo para negaros,
gran señora, tal honor.
Y con ardor voy a amaros
pa sofocar ese ardor
y que no pueda quemaros.
Mas si de pasión me paso.
Perdonad, bella señora,
que es de un tio que os adora
y no le hagáis ningún caso.

EULALIA

Pues así mi boca busca
el aliento de tu boca
pues hay algo que me ofusca
y me vuelva medio loca.

Aurora, la novia de Calixto que oye todo lo que le está diciendo Eulalia a su novio no puede morderse la lengua y murmura desde su escondite.

AURORA: murmura entre dientes

Pues yo haré que tu rebusca
bese el polvo de tu fosa
que no merece otra cosa,
que palmar de forma brusca
por buscona y asquerosa.

CALIXTO, se pone romántico.

¿Has visto como la luna
busca en el bosque frondoso
el agua de una laguna
donde mirarse a su antojo.
¿Has visto gacela mía
como alumbra tu camino
y muestra con rebeldía
el sino de tu destino.
Has visto cómo se ensalza,
y como nos ha juntado
para cumplir la venganza
de un caballero ultrajado
que os entregó una alianza
y vos le disteis de lado.

EULALIA

¿Qué decís bello Calixto?
¿porque me estáis inquietando?
parecéis el anticristo
con lo que me estáis contando
no se si que no sois muy listo
o es que ya estáis desvariando.

CALIXTO

Pues perdonad si os despisto,
yo solo estaba jugando.

más si os está perturbando
cierro la boca, y desisto
de continuar molestando.

EULALIA

Calixto, dejad de hablar,
y arreadme un buen bocado
que agrade mi paladar
por todo lo que he pasado
y lo que he de pasar.

Don Juan que está al lado de don Servando murmura entre dientes desde su escondite y se lleva la mano a un puñal que lleva en la cintura

dispuesto a salir y clavárselo a su esposa

DON JUAN

¡Este puñal, vive Cristo!
será el que tu fuego venza.
¡y me voy, pues no resisto
ante tanta desvergüenza
como la que hemos visto.

DON SERVANDO

Por las canas del Visir.

Aguantad el contratiempo
si es que podéis resistir.
pues si salís a destiempo,
os podéis arrepentir.

DON JUAN

Porque vos me lo pedís,
esperaré un momento.

Calixto que ha oído algún murmullo no puede por menos que intentar ponerse a salvo.

CALIXTO

¡O yo mucho desvarío!
¡o alguien cercano, habló!

EULALIA

Cuan razón llevais, mi amado.
Algo por ahí se escuchó
que no ha sido de mi agrado
y la pasión nos chafó;
pero esperad un momento
que semejante clamor
no será impedimento
pa deshacer nuestro amor.
¡Voy a buscar reclamo!
¡Esperad, que ahora os llamo!

La duquesa se ausenta del lugar y Calixto se queda meditando, pensando a donde puede haber ido doña Eulalia.

CALIXTO: enfurece de pronto

Aborto de Satanás,
el más pendón de la Galia,
por las barbas de Jonás,
dentro de na pagarás
las iras de Tarafalia.

¿Más que diablos es esto?
¡La reina, que situación!
¿Es realidad o es ficción?
mientras averiguo esto,
no tengo más solución
que pirarme de aquí, presto.
pues si que es inoportuno,
este encuentro tan molesto
puedo acabar en un cesto
o hecho un pincho moruno.

Pero a Calixto no le da tiempo de escapar a tiempo y es abordado por la reina Bernardina que le agarra y le aprisiona entre sus brazos..

BERNARDINA
No os vayáis mi trovador
que aún espero ser amada.
así que haced el favor
de venid a mi morada
y darme un poco de amor
que me deje sosegada.
CALIXTO
¡Cielo santo, va tablón
que tiene la desdichada!
BERNARDINA
Eres un ángel del cielo

que Dios ha hecho que caiga
pa darme calma y consuelo
y aunque me toméis el pelo
lográis que yo me distraiga.
Porque esta vida no es vida
y aunque viva en un palacio
me siento muy aburrida,
al lado de Bonifacio.
Eres digno de admirar
Y si además eres guapo
y me quisierais amar
mucho me haríais disfrutar,
no como el rey, que es un sapo.

CALIXTO

Pues me tengo que negar,
perdonad si os desaliento.

BERNARDINA

¡Yo os lo podría pagar,
pa que os sintierais contento!

CALIXTO

¡Qu no os he dicho!, lo siento
y no es cosa de buen gusto
el daros este disgusto,
pues yo siempre he sido atento
con lo que ahora os cuento,
escuchándome me asusto.

BERNARDINA

¡Hay Calixto de mi vida!
¿es que os gusta más la Eulalia?
Recordad que toda Galia

dicen que es una perdida

CALIXTO

La duquesa es una harpía
caprichosa y traicionera
y por lo tanto esa tía
es tan perversa y tan fría
que aunque no se la manera,
he de matarla algún día.

BERNARDINA

Sí, a la bruja de la Eulalia
la noté como aturdida
a vuestro cuerpo adherida,
más yo soy la reina de Galia
y debo ser preferida
y como ya pasó en Italia
con el guapo Tarafalia.
¡Ante vos caigo rendida!

CALIXTO

¡Maldita sea la hora!
¡Pues no se me cae al suelo!
¡Que me pisáis pecadora!
¡no os mostréis con tanto celo
y alzad del suelo, señora!

BERNARDINA

es que ante tanta hermosura
he de estar de esta postura.

CALIXTO

Pues ser menos bebedora
y guardad la compostura.
que requiere una señora

BERNARDINA

Habladme con más dulzura
que yo soy dama de altura
no una bruja pecadora.

CALIXTO

Pues tendréis que perdonarme
pero tengo que largarme.

BERNARDINA

Si por fea y poco hermosa
no vais a poder amarme,
yo que soy muy rencorosa
y preciso desquitarme,
solo me queda una cosa,
que es sacarme de la faja
esta preciosa navaja
y con ella suicidarme.

Bernardina se lleva la mano a la faltriquera y saca un puñal con intención de usarlo, pero inmediatamente vuelve a guardarse al ver a su criada corriendo desesperada hacia ella.
Calixto se queda perplejo ante la nueva situación y murmura para sus adentros.

CALIXTO; pensativo

Nunca pude imaginarme;
el lio en que me he metido
por no ser más precavido,

BERNARDINA, con la navaja

¿Queréis echarme una mano
pa sangrar como un marrano?

CALIXTO.

Esta tía ha enloquecido,
por lo tanto, he de pirarme

puesto que aquí no he venido
pa con la reina encelarme,
sino que mi cometido
es solamente vengarme.
y si me meto en su juego,
puedo arrepentirme, luego,
Lo que para salvarme
lo mejor que puedo hacer,
es intentar escaquearme
y luego desaparecer.

Calixto sale corriendo como alma que lleva al diablo y en su huida murmura algo entre dientes.

CALIXTO

Que molesta sensación,
es la de ser un ligón.
Todas me entran al trapo
y con la misma intención.
aquí te pillo y te mato,
nos damos un revolcón
y pasamos un buen rato.
¡Ay infeliz del barón
que nace cual yo, tan guapo!

La criada Jesusina entra en la terraza nerviosa y azorada, como si hubiese visto a la muerte.

JESUSINA

Señora, acabo de ver
en aquella galería,
la voz del rey que decía
que os iba a devolver,
con creces, vuestra osadía.

BERNARDINA

Pues vaya contrariedad.
Hemos de salir de aquí.
si me ve, pobre de mí,
me tratara sin piedad.

JESUSINA

¡Señora, vienen los dos!
Daros vidilla que os pilla,

BERNARDINA

Pero hacedme el favor
de encended una cerilla,
que al menos por esta orilla
no se divisa ni a Dios.

La reina Bernardina y su criada Jesusina se esconden en el mismo lugar del que habían salido y se disponen a ver y escuchar lo que dice el rey a su acompañante, pero resulta que no es el rey el que llega si no la duquesa Doña Eulalia con Calixto que ha vuelto a salir de su escondite.

CALIXTO

¿Qué demonios he escuchado
que me ha dejado pasmado?
¿Qué fue lo que retumbó
que mi cuerpo amedrentó?
¿Quién osa meterme miedo
para desaparecer, luego?
¿Queréis volverme majara?;
sed valiente y dar la cara.

EULALIA

No sé lo que os perturbó.
Yo nada vi, nada encontré.
Sin duda, el viento silbó
y lo que vos escuchó
fue detrás de la pared.

CALIXTO

¡Sí sin duda, el viento fue
lo que tanto me alarmó
más lo que más me irritó
fue que obró de mala fe
infundiéndome temor!
¡Yo, que miles de hombres maté!
puede causarme pavor
un simple ruido, menor
que el de una hoja al caer.

EULALIA

¿Qué demonios escuchaste
que todo se nos fue al traste?

CALIXTO

era algo aterrador.
Una vos enfurecida
que retumbó el parador,
más no sabe de mi valor
ni sabe que mi otra vida
yo era el enterrador

Doña Eulalia intenta abrazar a Calixto y quitarle la congoja que le ha causado el extraño ruido que ha escuchado

EULALIA

Dejaros de divagar
y dedicaos a amar.
Eres la luz que me anima
me perturba y me domina
y me impide respirar

CALIXTO

¡Basta ya que os tengo inquina
y no os quiero ni escuchar!

EULALIA

Me conmuevo y me sorprendo
del fiero temperamento
al que me estáis sometiendo,
y ciertamente no entiendo
tan hostil comportamiento.

CALIXTO

Basta ya de insinuaciones
y de haceros la ofendida,
que a mí me sobran razones
para quitaros la vida

EULALIA

¡Santo cielo! ¿habláis en serio?

CALISTO

Tanto, como vuestro adulterio.

A Eulalia, de pronto la entran prisas, intenta salir corriendo del lugar, pero Calixto se interpone en su camino.

EULALIA

No entiendo vuestro criterio;
me voy porque ya es la una
y no tengo gana alguna
de irme pa el cementerio
sin tener culpa ninguna.

CALIXTO

Callad ya, maldita harpía
cerrad esa sucia boca
cometisteis herejía
y ahora pagarlo os toca.

EULALIA sorprendida y aterrada

¡ Ahí la Virgen !, que carácter
no os hacía de tal lastre.

CALIXTO

Mujer infiel y asesina,
pendón de una infame casta
a quien Calixto abomina,
desde ya, os digo, ¡basta!
os daré la medicina
sin que tengáis que dar pasta.

Eulalia visiblemente asustada, recula hacia la pared muerta de miedo suplicando a Calixto que la deje vivir.

EULALIA

Perdonad, más no comprendo
ese cambio tan tremendo
que vuestra merced, se gata

CALIXTO

Pues digo que estáis fingiendo.
más ante tanto descaro,
os lo voy a poner claro.
Tocadme aquí

EULALIA

Por los muertos de Tesalia
que protege san Genaro.
el mismo bulto tan raro
que tenía Tarafalia.

Calixto le enseña la marca que le quedó en el brazo de un mordisco que le dio ella tiempo atrás.

CALIXTO

Y mira, el recuerdo triste
de un mordisco que me diste.

EULALIA

¡Por Belcebú, mi bocado!
¡Se os ha quedado marcado!

CALISTO

Más se acabó vuestra suerte,
es la hora de tu muerte.

EULALIA

Os lo ruego, No me mates,
y seréis recompensado

CALIXTO

desobra os lo habéis ganado.

Ya no haréis más disparates.

Calixto saca el puñal que le había regalado el marqués de la Ahumada y se dispone a clavárselo, pero no llega a hacerlo porque la duquesa se cae al suelo desmayada.

CALIXTO

¡Vaya, vaya!
¡y ahora va y se me desmaya!
Pues me tendré que esperar
pa que se pueda enterar.
y que sufra por canalla.

Aurora desde su escondite contempla todo el espectáculo y no puede por menos de lanzar una maldición.

AURORA

Hice bien al suponer,
la causa de su aflicción
era esta infame mujer,
con su tremenda traición.
Con que gusto voy a hacer
pedazos su corazón.
Más voy a esperar un poco
que por ahí viene Ahumada
no sea que saque su espada
y me la clave en el coco.

Calixto de pie, mirando atento a Eulalia que continua en el suelo sin recobrar el conocimiento.

CALIXTO

Largo el desmayo va siendo,
no se ya si preocuparme.
Pues tanto rato fingiendo,

francamente, no lo entiendo.
Tengo que cerciorarme
no vaya a ser que esté haciendo
teatro para engañarme

Eulalia en el suelo abre un ojo para ver si Calixto la está mirando y a ver que no la quita ojo decide hacer como que vuelve en sí.

EULALIA
¡Por las sandalias de Cristo!
¿podrías decir dónde estoy?
pues me da haberos visto,
y creo que ha sido hoy;
disfrazao del anticristo
reprochando como soy.
¡Decid donde estoy, insisto!

CALIXTO
En los brazos de Calixto
que te dará muerte hoy.
Más mi palabra os doy
que será un visto y no visto

EULALIA
¡Caray, el emparedado!
Con esto queda aclarado
¡Que es verdad, no lo he soñado!

CALIXTO
Pa vos siempre fui un tarugo
más tiemble tu pecho hinchado
pues este simple besugo
hace tiempo que ha cambiado.
de emparedado a verdugo
pa quedarme descansado
una vez me haya vengado,

y os digo que ya tenéis
la fecha en el calendario
por lo tanto no veréis
el próximo telediario

Ahumada llega a donde están Calixto y Eulalia e intenta salvar a la duquesa porque sabe que el rey está rondando por ahí y que en cualquier momento puede aparecer con lo que apresaría a su amigo Tarafalia.

AHUMADA
Guardad la daga, Calixto.
No os cebéis con esta tía
mostraros algo más listo
y dejarlo pa otro día.

CALIXTO
¡Nada de eso, De la Ahumada
¡La Eulalia se ha portao mal!
y ha de morir degollada
como cualquier animal!
¡Ha de morir por malvada!
y pa que lo pase fatal
no haré uso de la espada,
lo haré con vuestro puñal.

AHUMADA
¿Habéis perdió la razón?;
eso sería un calvario.
Si os mostráis tan sanguinario
nunca os perdonaría Dios.

CALIXTO
Pues lo hare de esa manera,
Ya que si su vida quiro,
a Dios le importaría un pito

de la forma que lo hiciera.

AHUMADA

Mantén la cabeza fría
y mantén en mí, confianza.
¡Que el rey llega!, tu venganza
aplaza para otro día.

La duquesa cree ver un rayo de esperanza con Ahumada y se coloca tras el marqués mientras piensa en voz baja.

EULALIA

¡Virgencita de los cielos
me he librado por los pelos.

Calixto decepcionado por que la duquesa se ha vuelto a librar de la muerte, murmura entre dientes

CALIXTO

Por los reinos del Imperio.
Que suerte tiene la harpía;
ni la daga de su tía,
la manda pal cementerio

DOÑA EULALIA

¡Jopé, que mal lo he pasado!
y aunque me sienta fatal
porque me había enamorado,
reconozco que el puñal
ya la veía clavado.

Puñal en mano, Calixto amenaza a Eulalia gritando como un loco y ésta retrocede hacia atrás mirándole con terror

CALIXTO

Muere mujer malvada.
pagad ya, vuestra putada.

AHUMADA

Dejad la ira aplacada
porque hoy no vais a hacer nada.

CALIXTO

Marqués, quitaos de en medio
que acabo con este asedio,
después me claváis la espada,
si no tenéis más remedio,
mas a esta bruja malvada,
yo la dejo liquidada.

AHUMADA

He dicho que os esperéis
y no os pongáis tan pesado
que por lo que he escuchado
ya viene por ahí el rey.

CALISTO

Ahumada, echaos pa atrás,
o por Zeus que morirás.

AHUMADA

Otro día la matarás
que viene el rey Bonifacio
y ya no tenéis espacio.

CALIXTO, vuelve a hablar solo.

He perdido una ocasión
pa matar a este pendón,
más lo seguiré intentando
hasta que la vea sangrando
de su negro corazón.

EULALIA

Gracias, marqués de Ahumada
a vos os debo la vida,
me veía aniquilada.,

con la cabeza partida.

AHUMADA

De nada, de nada,
se que estáis agradecida,
más os veo convencida,
y aún no estáis librada.

Aurora, que desde su escondrijo ha visto todo lo sucedido, no puede por menos de sentirse triste y susurra apenada

AURORA

Caballero y trovador,
y buen amigo de Ahumada,
Tenéis a Aurora apenada
porque disteis vuestro amor
a esa desvergonzada.

En ese momento llega el rey y Eulalia se abraza a él como si en realidad le amase.

EULALIA

¡Oh rey, a quien tanto amo
y por el que estoy prendada,
vuestro cariño reclamo

.BONIFACIO

Siervo llámame y no rey
que de ti yo soy esclavo.
Mas negaros y veréis
como trato a mis esclavos.

EULALIA

¿Y vuestra querida esposa
no va a sentirse celosa?

BONIFACIO

Presiento que Bernardina
está doblando la esquina
y se pondrá muy furiosa
viendo como vos se arrima.

Aurora que continúa escuchando todo lo que hablan; no puede aguantar más y sale de su escondrijo dispuesta a matar a la Duquesa, ella misma, pero en ese momento ve acercarse a don Juan y se arrepiente.

AURORA

Pues la va a hacer falta un milagro
porque a esta tía me la cargo.
Mas no me hago a la idea,
Pues lo encuentro un desatino,
¿cómo esta tía tan fea
camela tanto a estos primos?

En ese momento sale don Juan de su escondite martirizándose por lo idiota que fue casándose con esa pérfida mujer que no tiene límites.

DON JUAN

Me he portao como un cobarde
y eso de rabia me enerva
más voy a hacer, ahora alarde
y matar a esa caterva
de ruines y miserables.
y como esposo que soy
con la ayuda de este sable,
han de morder la hierba,

Don Juan se dirige hasta donde está su mujer y espada en mano la amenaza de muerte.

DON JUAN

Morirás, mujer indeseable,
caerás muerta a mis pies
rebañada por mi sable,
y mejor ahora que después
para que nadie te salve.

BONIFACIO

A mi primero, marqués.
que ella no es la culpable
de haber dado este traspiés
de forma tan miserable.

DON JUAN

Primero a ella, y a vos después
que tambien sois responsable.
y tenéis gran interés
de manera detestable.

BONIFACIO

No descarguéis vuestro enojo
en carnes de vuestra esposa,
pues ella no hizo otra cosa
de responder a mi antojo
Más como ya es sabido.
Yo soy el rey de la Galia
y si tomáis represalias,
vais a terminar herido,
Haced caso a lo que os digo
y pensad que vuestra esposa
es joven y muy hermosa
y ese es vuestro castigo.

DON JUAN

Por las nubes de los cielos
y el satanás de los astros.
Que no es porque tenga celos,
¡es que es mi esposa!, ¡canastos!
No sé cómo no pude ver
lo gentil y lo dispuesta
que iba a ser esta mujer.
llena de intriga y de engaño
que de forma manifiesta
me causa tan grande daño
que me daña y me molesta.
¿Vos dando coba a mi esposa?
¿Vos que presumís de sabio,
no se os ocurre otra cosa
que hacerme tal desagravio.

Don Servando aparece de pronto espada en mano dispuesto a adelantarse a don Juan para rematar a su hija y si es preciso, hasta el propio rey

SERVANDO

Don Juan, bajad esa espada
que he de ser yo el vengador,
mi hija está endemoniada,
y ha enmasillado mi honor
salvarla de una estocada.
Pues como padre que soy,
soy el primer agraviado
y no pasara de hoy
sin haberla aniquilado.

DON JUAN

¡Por los clavos del madero!
Vuestro enfado es comprensible
pero no será posible
porque estaba yo primero.
Don Servando, soy su esposo
y no ha mostrado pudor
ponérmelos de sombrero,
y resulta doloroso
humillante y vergonzoso
que te priven de tu honor
y te sientas horroroso.
Por tanto, no me neguéis
ni el privilegio quitéis
que con pensarlo me asusto
y os ruego que me dejéis,
que lo haré con mucho gusto.
Que siendo yo el ultrajado,
y al que ha estado engañando
no me dejéis esperando,
Matadla yo, es de ley
Por eso os pido, Servando
mejor que os vayáis largando
y las manos nos os manchéis
porque va acabar sangrando..

SERVANDO

Me duele estar comprobando
de que la seguís amando.
¡Que no os tiemble la mano!
que, aunque os esté suplicando
sería de lo más humano

que la acabarais matando.

BONIFACIO

¿No podríais perdonalla?
Os ruego que lo penséis
y si decidís matalla
hacedlo como deseéis
pero no antes del día seis.

DON JUAN

Nada de perdonalla.
No es pa dejalla despierta,
a esta bruja hay que matalla,
y cuando ya esté bien muerta,
desde el suelo, rematalla.

SERVANDO

¡No es de ser buen rey, tal hecho!
ni siquiera buen hermano,
por eso de vos sospecho,
y os lo digo con despecho.
¡Majestad, sois un marrano
y acarread con lo que has hecho!

BONIFACIO

Detén Servando esa lengua
o yo levanto mi brazo,
pues como no la detengas,
¡Vive Dios que te la arranco!

DON JUAN

Nada puedo contra vos,
que vos estáis coronado
más no quiero que los dos
seamos por vos deshonrados.
por tanto, quiero anunciarle

que antes de pagar el pato
y servir a más de cuatro,
de risa, mofa y tormento,
en este mismo momento,
saco la espada y me mato.

Don Juan desenvaina la espada y con una precisión digna de un reloj suizo, se rebana el cuello soltando un gran charco de sangre dejando el suelo como si hubiese habido una batalla campal.

BONIFACIO
¡Oh cielos, vaya entereza!
Él solito con su mano,
se ha matao como a un marrano,
cortándose la cabeza.

DON SERVANDO.
¡Por los muertos del infierno
se ha suicidado mi yerno!
no era un tipo de renombre
que resaltara en la Galia
pero si que era un buen hombre,
que se sentía disconforme.
con la aptitud de la Eulalia

EULALIA
¡Madre del Carmen! ¡qué horror!
hasta a mí me da pavor,

DON SERVANDO
Que Dios le acoja en los cielos,
más cesad el lloriqueo
que ha sido tu coqueteo
la causa de sus desvelos.
y por eso ahora le veo
desangrado por el suelo.

Era un hombre tan formal
que no pudo soportar
tanto engaño y tanto mal
que acabó con su moral
y se tuvo que matar.

BONIFACIO

El pobre se ha desangrado.
Esto resulta una ofensa,
para todo el principado.
pero digo en mi defensa
que estaba muy enfadado
y en una aptitud muy tensa.
El solo se lo ha buscado.

EULALIA

Vaya final más siniestro,
don Juan en el suelo muerto.
Se ha degollao con su sable
sin siquiera echarle arresto

BONIFACIO

Pues yo lo veo viable.
Querer salir de ese entuerto,
me parece respetable
y eso que es marido vuestro.

DON SERVANDO

Atrás, atrás miserable,
Tú ya no eres hija mía,
me resulta abominable,
que seas la responsable
de tan cruel felonía.

BONIFACIO

Pues yo no la veo culpable
del fin de ese miserable

DON SERVANDO

Se encontraba impotente
ante tanto deshonor,
y no sin pena y dolor
pensó que morir de frente
era lo más conveniente.
pa acabar con ese horror.
Mas nadie podrá negar
que al no poderse vengar
por ser leal y prudente
se tuvo que degollar
y morir como un valiente.

BONIFACIO

Es cierto que el penitente,
si que ha sido
pues ha sido contundente,
y el corte que se ha pegado
ha resultao suficiente
pa dejarle liquidado.

EULALIA

Pues pa mi ha sido un pasmado
que ante el rey se amedrentado,
pues acto tan congruente
solo lo hace un demente,
pudiendo haber peleado
y tal vez, posiblemente
pudiera haberse salvado.

DON SERVANDO

Tu le trataste a degüello,

y tu has sido la culpable
que este pobre miserable
se haya rebanado el cuello.

DOÑA EULALIA

Cesad ya con vuestro acoso.
¿Es que no os importa nada
que me encuentre trastornada
por la muerte de mi esposo?
Basta ya fustigarme
que yo nada malo he hecho,
no tenéis ningún derecho
pa de esa forma tratarme
cual si fuera un deshecho.

Por un instante aparecen en escena el Barón y Vicente que desde el escondite donde se encuentran tambien han podido ver lo sucedido y se llevan las manos a la cabeza ante tan macabro espectáculo. Desde dentro de su escondite, comentan

EL BARÖN

¡Por belcebú! ¿habéis visto,
que estocada tan certera?
¡se ha quedao hecho un cristo!

VICENTE

Lo he visto Barón, lo he visto
La estocada ha sido entera
con trayectoria pa fuera
que le ha dejado hecho un cristo.

BARÖN

quien se iba a imaginar

que un hombre bueno y apuesto
se le ocurriese tal gesto
de quererse suicidar.
Os debo de confesar,
que yo no me esperaba esto.

VICENTE
Pues este pobre infeliz
No vería más remedio
que el de quitarse del medio
harto de tanto desliz.

BARON
Pues resulta incomprensible
aunque grande fuese el tedio.

VICENTE
Más ha sido un buen remedio,
pues su muerte ha hecho posible
que tengáis el campo libre
sin ningún buitre por medio

BARÖN
Pues con lo que he contemplado
y viendo que es una harpía,
las ganas se me han quitado
y por lo tanto he pensado,
que la soporte su tía.
Y yo que no te creía
lo que me habías contado.

Regresamos a la escena donde se encuentran el rey Bonifacio el duque Servando y su hija Eulalia que todavía no se han recuperado de

la horrible escena que han presenciado. El rey Bonifacio se queda cavilando

BONIFACIO

Pero...¿Quién pudría decirle?
¿Quién osaría traicionarnos?
¿Quién pudo con el cuento irle
con la idea de enfrentarnos.
¡Mas me negué a pelearnos!
¡Visteis que no quise herirle!

EULALIA

¡Majestad, yo sí que sé
el que con el cuento fue?!

BONIFACIO

¡Hablad, decidme quien es!

EULALIA

Es el trovador que os tima
y al que tenéis tanta estima

BONIFACIO

¿Ese trovador maldito
es culpable del delito?
Pues lo juro por san Pablo
que le mandaré al diablo.

EULALIA

Lo hizo pa jorobar,
pues es un tipo muy raro
que obra con gran descaro
y casca para incordiar.

BONIFACIO

Pues yo no le veo maldad

EULALIA

Es que de mi se ha prendado

con bastante intensidad
y como le he despreciado,
se ha portado sin piedad
llevando su plan a cabo.

BONIFACIO

Vaya con el trovador,
no le hacía tan traidor.
Más por las barbas de Cristo
que mataré a ese Calixto

EULALIA

¡Pues si es verdad que me amáis
mi querido Bonifacio,
os le lleváis de palacio
y en la almena lo colgáis!

Vuelven a aparecer en escena el Barón y Vicente que no pueden creer lo que oyen por parte de la duquesa que es capaz de llevarse a todos por delante con tal de salvar el pellejo.

EL BARÖN

¡Por los cuernos del profeta,
esta tía es una geta

VICENTE

¡Cuánta razón lleváis
os seduce y os aprieta
y os manda a hacer puñetas
cuando menos lo esperáis.

Don Servando no puede aguantar más tanta falsedad por parte de su hija y salta como un resorte.

SERVANDO

¡Basta ya, hija del mal,

sois peor que un animal!
Sois mentirosa y cobarde
ya no me queda esperanza.
y ahora cumplo mi venganza
sin esperar pa más tarde.

El rey Bonifacio en un acto reflejo se interpone entre padre e hija intentando evitar el fatal desenlace.

BONIFACIO

¡Don Servando, comportaros,
Y mostraros más modoso
que no quisiera mataros
como si fueseis un oso!

SERVANDO

Caprichos no puedo daros,
pues esto se está agravando
y como padre que soy,
no pasará más de hoy
que la vea suplicando.
Ya es hora de que sepáis
que esta pérfida que veis
aunque de ella os fiais
muy poco la conocéis.
Burló a su esposo con vos
a vos con los otros dos
que vosotros bien sabéis,
a esos dos con el Barón
al Barón con don Vicente
y a este con tanta gente
que no merece perdón.
por lo tanto, es exigente
que palme como un pendón

EULALIA

Me están haciendo conjuro.
No le creáis, Bonifacio.
Todo es mentira, lo juro,

BONIFACIO

¡Dejadme pensar despacio,
pues tiene que serle duro
soportar este conjuro,
y pedirá a San Pancracio
cómo salir de este apuro
volviendo sano a su palacio!

EULALIA

Pues mi padre está mintiendo
por nuestro amor, te lo juro
vive Dios, que os aseguro
que lo que dice, no entiendo

Servando no aguanta más y trata de matarla con su espada, pero el rey se lo impide protegiéndola con su cuerpo,

BONIFACIO

Servando, clamad al cielo´
y perdonad a la Eulalia.
Hacer caso al rey de Galia
o caeréis redondo al suelo.

DON SERVANDO

Yo ante vos no me escondo
pues lo único que anhelo
es poder buscar consuelo.
¡Quitaros!, que no respondo.

BONIFACIO

Y juro que lo comprendo.
Ha sido un palo tremendo.

SERVANDO

¡Pues si no os quitáis de en medio,
acabareis en el suelo,
como mi yerno, ¡y sangrando!

BONIFACIO

No me quito don Servando
y como me estáis cargando
no me queda otro remedio
que de acabaros matando.

SERVANDO

Ved que os lo estoy suplicando.
Dejad que pueda vengarme,
pues nos está deshonrando.
Esperad que esté palmando,
y después podréis matarme.

BONIFACIO

Por las llamas del infierno
me obligáis a usar el hierro,
más juro ante vuestro yerno
que os daré un buen entierro.

El rey saca la espada y le da un espadazo en el estómago a don Servando que le pilla desprevenido y este cae al suelo como un saco de patatas y sangrando como un gorrino Eulalia sale disparada como una loca y gritando a pulmón suelto llamando a Magdalena.

EULALIA

Majestad, le habéis matado.
y aunque es una acción impropia
.de alguien tan afamado.
¡Fingiré que no lo he visto!

por mi quedáis perdonado,
ha sido en defensa propia;
pues mi padre os ha atacado
y vos habéis sido más listo
y os habéis adelantado.

SERVANDO, en el suelo agonizando

Maldita, maldita seas
seas maldita hasta hartar,
es mejor que no me veas
como las voy a palmar.
Seguro que te recreas.
más me voy con gran pesar
pues tus acciones tan feas
que no he podido vengar.

Eulalia se agacha para socorrer a su padre, pero es demasiado tarde, don Servando a fallecido y está tirado en el suelo junto a don Juan que aún continúa sangrando. Entre los dos han formado un gran charco de sangre que empieza a chorrear hacia el piso de abajo.

Aurora desde su escondite no pude por menos de lanzar un improperio

AURORA.

Por los clavos de Neptuno
esto parece una criba,
van cayendo de uno en uno,
y la bruja aún sigue viva,
vaya día más perruno,
con la muerte tan esquiva
pa ese pendón tan zorruno.

Eulalia acongojada por las últimas palabras de su padre se lleva la mano a la boca dando a entender que no cree lo que está pasando, pues en menos de cuarto de hora ha muerto su esposo y su padre.

EULALIA

Me maldijo, cielo santo,
y esto pa mi es una ofensa
que me causa gran quebranto,
más abogo en mi defesa,
que la cosa no es pa tanto.
Bonifacio no quería.
Él se ha buscao el funeral.
Ha sido una tontería
que se la ha tomado mal,

.

BONIFACIO

Pues tendréis que perdonlrlo
porque era un santurrón
que no pudo soportallo
porque os quería un montón.
¡Deberíais recordallo!

EULALIA

No debía quererme tanto,
si quería liquidarme.
¡Qué miedo, que horror, que espanto!
si no llego a espabilarme
me voy para el camposanto.
Más no derramaré llanto
porque he logrado salvarme

aunque con suerte y espanto

De la Ahumada y Aurora, la novia de Calixto, entran corriendo espantados y horrorizados ante el dantesco espectáculo que están presenciando en la terraza del parador, y aun barruntan que no va a quedar ahí la cosa puesto que Calixto aún no se ha vengado de Eulalia y que no se va a conformar con que se vaya de rositas.

AHUMADA
¡Por Herodes! ¿Qué ha pasado?
debe ser cosa del cielo
que a los dos ha castigado.
Pa privarles de consuelo.
Poco o nada hemos logrado;
dos muertos en mal estado
por motivos de los celos,
y todo el piso manchado.
Como diría mi abuelo
Cuando moría su ganado.
Puesto que ya han palmado,
hay que quitarlos del suelo.

BONIFACIO
Por los cuernos de Satán
dejémoslos como están.

AHUMADA
Pues pienso que si están muertos,
y poniendo to perdido,
sería más comedido
que retiraran sus cuerpos.

BONIFACIO

Está bien, no os enfadéis;
hacedlo como gustéis

Aurora entra en acción, más mosqueada que un niño sin chupete.

AURORA

¡Majestad, rey de la Galia!
rey asesino y tirano
amante de doña Eulalia
y con el pueblo, inhumano;
como os guardo represalia;
traigo el puñal en la mano
pa vengar a Tarafalia.
Por el Dios de los cristianos
por doña Lupe, tu madre
por vuestros primos y hermanos
y la gloria de tu padre
os portáis como un marrano.
Yo fui testigo de todo
y es verdad to lo que dijo.
Ese viejo con sus años
nunca dejo de admiraros,
gran caballero de antaño,
y espejo donde miraros,
el que nunca os hizo daño
¿cómo ahora iba a engañaros?
Que no os tiemble la mano
y a esta mujer mal nacida,
por todos aborrecida,
aunque perjure que es falso
tiene su alma podrida,
y debe de ir al cadalso.

BONIFACIO

¿Quién es la bruja que osa,
al rey decirle tal cosa
y sin siquiera temer?

AURORA

La que os va a hacer comprender
que a esta que veis tan hermosa
nada la podéis creer,
pues es una caprichosa
altanera resbalosa
que os va a hacer padecer

EULALIA

No la permitáis que ladre.
Maldita bruja, ¿Qué dices?

AURORA

¡Que hay que tener narices
pa matar a vuestro padre!

EULALIA

¿Y a ti quien te ha dado vela
si lo tuyo es la zarzuela?

AURORA

Calixto es el trovador
de quien ella se ha prendado
más él le negó su amor.
y encendida de furor
a Calixto ha denunciado.
Más Calixto no ha hecho nada
vino aquí para vengarse
de esta chunga desgraciada.

EULALIA

¡Callad, víbora mortal!
Calixto es un trovador
que me guarda un gran rencor
y que os ha informado muy mal.

Bonifacio, extrañado que Eulalia conociese al trovador, pues pensaba que se habían conocido en la cena, le pregunta a Aurora.

BONIFACIO
Y si no os parece mal
habladme de ese lacayo
que hablabas en el portal

AURORA
Es un tema personal
y por tanto no me callo.

EULALIA
Venís desde las Españas
pa cebarte con mi daño.
Mas al rey nadie le engaña
alguien de vuestra calaña.
¡Venid pa ca, que os apaño,
arrancando las entrañas!

AURORA
Escuchadme mi señor,
todo lo que dijo es cierto,
por querer salvar su honor,
estos dos pobres han muerto.

EULALIA
Muerde pérfida esa lengua,
vais a pagar vuestra arenga.

AURORA

¡Sí, porque a vos os convenga!
No voy a callar, Eulalia
hasta que Calixto venga
y le vengue a Tarafalia.

BONIFACIO

Prueba mujer lo que dices
y si no logras probarlo,
tendré que solucionarlo
aplastando tus narices.

El barón aparece en escena dispuesto a acusar a la duquesa porque él tambien ha sufrido las infinidades de ella.

BARON

Debéis saber majestad,
que esta infidelidad ha sido
la que ha matao a su marido
con tanta infidelidad.
Preguntaros si es de ley
que una mujer tan capaz
de encapricharse del rey
y a los tres días negad,

BONIFACIO

¿Acaso vos tenéis pruebas
de lo que decís, rapaz,
mira que si no es verdad
nunca saldré

BARON

Por supuesto, Bonifacio,
para que lo sintonices

os lo diré bien despacio
y con todos los matices.

AURORA

Y si cuando el Barón lo cuente
continuáis sin ser creyente,
preguntarle a su criada
lo que hizo esta malvada
con un tal primo Vicente.
Y si aún no es suficiente
para aceptar la verdad,
Por Satanás, yo os lo juro
que yo la haré, majestad
un maléfico conjuro
donde saldrá la verdad.

Como lo que había contado el Barón, al rey continuaba sin convencerle del todo, Ahora era Aurora la que se disponía a hacer ese conjuro que según ella decía, los muertos siempre decían la verdad. Aurora se dirige hacia los muertos que están en el suelo, aun sangrando y les pregunta con palabras de conjuro.

AURORA
Atalaja, Atalaji,
¿Podéis oír desde ahí?
En ese momento se hace un silencio sepulcral en la terraza, los muertos se incorporan medio cuerpo y responden al unisonó.

VOZ DE ULTRATUMBA
XXXXXXXXX
¡SÍ, SÍ, SÍ!
Aurora vuelve a preguntar a los muertos.
AURORA
Responder al respetable,
¿Esta malvada es culpable?
Los cadáveres que aun continúan sangrando, se vuelven a incorporar y responden enérgicos y como si estuvieran enfadados.
VOZ DE ULTRATUMBA
¡DESDE LUEGO!
¡ES INNEGABLE!
NO LA SIGÁIS EL JUEGO
QUE ES UNA MISERABLE
Aurora insiste con los muertos
AURORA

Tenemos que castigalla,
o debemos perdonalla.

Servando y Don Juan se vuelven a incorporar medio cuerpo y dicen.
VOZ DE ULTRATUMBA
¡HAY QUE MATALLA
Y DESPUÉS COLGALLA,
POR PENDÓN Y POR CANALLA!

Aurora no espera a la decisión de Bonifacio y la asesta una puñalada a la duquesa en el corazón que la hace caer al suelo como si se tratase de una fruta muy madura.

EULALIA agonizando
¡Ay mi madre, muerta estoy!
Maldigo la noche de hoy.

Ahumada se acerca a Aurora espada en mano y la amenaza sin otro propósito de aparentar ante el rey que va a terminar con ella pero que en realidad ni le va ni le viene lo que Aurora acaba de hacer

AHUMADA
¡Yo, guardián del rey que soy;
a segar tu cuello voy!
AURORA
Quitarme de en medio, Ahumada
liquidarme por favor.
¡Vamos!, clavadme la espada
Y dejadme sepultada,
que no os guardaré rencor.
Porque este amor a Calixto
que me apresa y me condena,

que me atormenta y me quema,
no lo tenía previsto,
y al no ser correspondida
me siento un tan destruida
que me deja hecha un cisco,
y si no soy abatida
yo me cortaré las venas,
pues no merece la pena
por más tiempo seguir viva.

AHUMADA

¡Esperad al trovador,
que el sea el ejecutor!
ya que tú has matado a Eulalia
que sea tu Tarafalia
el que os haga ese favor.

Ahumada se da la vuelta y observa al rey contemplando con ojos de pavor a la duquesa que yace muerta en el suelo entre un charco enorme de sangre, en el que casi se puede nadar en él

Vicente desde su escondrijo, no puede creer lo que está viendo y exclama en voz baja.

VICENTE

¡Has muerto gran pecadora,
gran compañera y amante
y aunque disteis mucho el cante,
fuisteis una gran señora
Tu lujuria no fue en vano,
teníais tantas aventuras
que más tarde o más temprano
os pasarían factura.

Regresamos a al lugar del crimen donde Bonifacio se está despidiendo de Eulalia,

BONIFACIO

¡Querida Eulalia, mi amor!
estas muerta y desangrada.
se va a la mierda otro amor
que me causa un gran dolor
porque no me ha durao nada
porque, aunque fueses lanzada
Duquesa del alma mía,
no se os guardaba rencor.
y yo mismo os adoraba,
con esa gran filosofía
que ninguno la entendían
y a todos desorientaba,
pues tan pronto os querían
como tan pronto os odiaban.
Más me queda el gran consuelo
de que volveré a verte,
pues según dijo mi abuelo
cuando nos llegue la muerte
subiremos pa los cielos.

AHUMADA

¡Bonifacio, acabad!
que estoy oyendo un rumor.
escapemos, majestad
y olvidar el resquemor
que os ha podido dejad
la muerte de vuestro amor.

BONIFACIO

¡Que horrible trance marqués
todo me sale al revés!

AHUMADA
Cierta mi sospecha es,
el ruido viene de allí,

BONIFACIO
Veremos quién es, después,
ahora, escapemos de aquí.
¡Más por los clavos de Cristo
¿quién puede ser a estas horas,
que pronto darán las cinco?

AHUMADA
¡Corred, que es vuestra señora
con el trovador Calixto.

BONIFACIO
Pues nos hemos de esconder,
pa que no nos puedan ver.

Rey y marqués se esconden y contemplan a la reina que viene metiendo mano por todas partes al trovador

BERNARDINA
Tened cuidado Calixto
y mostraros bien despierto
no sea que no hayas visto
que en el suelo hay varios muertos.

Calixto, ve en el suelo los tres cadáveres que aún continúan sangrando, y se queda atónito cuando comprueba que uno de ellos es la duquesa Eulalia Peñalba. Eso le pone furioso dado que le trastoca todos sus planes. El hubiese deseado ser él quien diera muerte a esa bruja, pero ya no va a poder ser. Alguien se le ha adelantado, y encima, la reina no para de atosigarle metiéndole mano por todas las partes. En ese momento piensa que será mejor dejarse llevar, ya se enterara de quien ha dado muerte a la Eulalia, y si es preciso, darle su merecido por privarle de ser él quien se vengase.

CALIXTO

Claro que los vi, señora,
no estoy tan atontado,
estos han palmado ahora.
más gran disgusto me a dado
el tipo que se ha cargado
al pendón de la señora;
es tener poco cinismo.
Los otros me da lo mismo.

BERNARDINA

Mi querido trovador,
me tenéis obnubilada,
tan pronto siento calor
tan pronto me encuentro helada,
En vuestros brazos tomarme
y apretarme con pasión;
no temáis que pueda darme
un repentino apretón.

Calixto intenta desembarazarse de la reina usando todos los medios posibles, pero le resulta complicado; Bernardina le tiene bien agarrado y por nada del mundo estaría dispuesta a soltarle

CALIXTO

¡Señora, sed más paciente!,
que noto que se alborota
y, no lo encuentro prudente.
¡Este magreo insistente,
me hace sentir algo idiota!
Debo tener cuerpo jota,
me salen últimamente
amantes hasta en la sopa.

BERNARDINA

Es que sois guapo, ¡jolín!

y de ahí ese trajín.
CALIXTO
¡Pero escuchad, os lo ruego!
que solo vine a vengarme,
pa sofocar este fuego
que está a punto de quemarme;
y, luego poder marcharme
a mi casa de Toledo.
BERNARDINA
Pero ella ya ha claudicao,
¿no os encontráis más calmao?.
CALIXTO
Nada de eso mi señora,
casi estoy peor, ahora,
pues, aunque ya esté muerta,
no he sio yo quien la ha dao puerta.

BERNARDINA
Pues saciad en mi la rabia
y quedaos sosegados,
y pensar que de la Eulalia
ya habéis quedado vengado.
CALIXTO
La razón no me quitéis.
pues es clara y manifiesta
y no voy a perdonalla;
y aunque ya se encuentre muerta
mi cuerpo no está pa fiesta.
BERNARDINA
Ay, mi Calixto querido,
caballero y trovador
por la duquesa temido.

Sí resultaseis herido
me moriría de dolor.

Calixto

Pues aplacad ese ardor
o escondello en el vestido.
Simular vuestra pasión
que viene vuestro marido
que es prepotente y matón
y no sería precavido
veros con el trovador.

En ese momento, aparece el rey hecho un basilisco y con la espada en alto, amenazando a su esposa por lo que acaba de escuchar.

BONIFACIO

Por Belcebú coronado,
adultera y miserable,
con lo poco que he escuchado
me has dejado en tal estado
que me veo vulnerable,
y encuentro imperdonable
los cuernos que me has plantado.

El rey se acerca enfurruñado por lo mal que le están saliendo los planes, hasta donde están la reina Bernardina, el marques de Ahumada y Calisto, y estos que le ven llegar tan airado se ponen en guardia por si tienen que defenderse.

CALIXTO, sorprendido

¡Por los muertos de Baviera!
es nuestro rey, el tirano,
que llega hecho una fiera
y, con la espada en la mano
como si matar quisiera

AHUMADA

Ponte en guardia por si acaso.
que el rey es imprevisible,
y hasta puede ser posible
que os culpe de su fracaso

Pero no es así. Bonifacio viene tan manso como un cabestro y asume la muerte de la Eulalia con naturalidad, lo que si parece molestarle un poco más, es ver a su esposa manoseándose con el trovador, aunque ha visto con sus propios ojos que Calixto no se ha prestado en ningún momento a seguir el juego a la reina y por lo tanto no tiene nada contra él.

BONIFACIO

¡Por doña Juana la loca,
esto es como una patada
en el centro de la boca.
¡Vaya, vaya con mi esposa;
Como iba a suponer,
que esta santa mujer
Me era infiel y resbalosa
! Pensaba que me adoraba
y que lo que la pasaba,
era que estaba celosa
por to lo que la engañaba.
Más, ya no puedo hacer nada.
Solo me queda una cosa.
y es pincharla con mi espada
y a otra cosa, mariposa.

AHUMADA

Que vais a hacer majestad.
pensadlo bien que es la dama
y no lo ha hecho con maldad.

La reina, se siente en peligro y sufre un vahído que tiene que ser sujetada por Calixto y Ahumada para no caer al suelo. redonda.

BONIFACIO

No me ha guardao lealtad
y al rey no se le engalana,
ni aunque sea sin maldad.

Aurora se interpone entre el rey y la reina y la libra de una muerte segura,

AURORA

¡No, mi rey!, ¡debéis calmaros!;
basta de tanta tensión.
No la mostréis tanta inquina,
pues la reina Bernardina
ha tenio una tentación
para sacarse la espina.
¡Además!, tenéis razón,
más procurad sosegaros
que estáis mal de la tensión;
y este enfado podría daros daros,
un ataque al corazón
y luego habría que enterraros,

pensadlo bien y calmaros,
pues la reina Bernardina
lo que ha hecho, es imitaros.
Además, lo hizo sin suerte
pues Calixto se hizo el fuerte

y con tesón se ha negado
a que fueseis engañado.
¿Que hay que hacer pa convencerte
que Bernardina ha fallado
y no merece la muerte?
Calmad en mi vuestro duelo
que yo sí quiero morir,
pues no se puede vivir
con tan grande desconsuelo
que es amar sin recibir
ni una pizca de consuelo.

BONIFACIO

Vaya perra que os ha entrado
con querer iros pal huerto;
lo entendería si tu amado.
Ya estuviera entre esos muertos.

CALIXTO

¡A mi dejadme de líos,
que vivo estoy, ¡boto a bríos!

¡más échate a un lao, Aurora!,
que ha de morir la señora!,
pues si al rey le ha engañado
solita lo ha buscado.
Que no se arrepienta, ahora
que el rey está muy cabreado.

AURORA

Dejadme ya de insistir
que el rey ya la ha perdonado.
La que tenía que morir,

Ya hace un rato que ha palmado.
¡Miradla!, tendida ahí;
con el cuerpo ensangrentado;
ya ha dejado de existir,
¡esta menda la he matado!

El trovador sabía que Eulalia estaba muerta pero lo que no sabía era quien la había matado, y cegado por la rabia de no haber podido ser él, el que se vengara, enloquece y ya no se acuerda de nada de lo que ha pasado, incluso piensa que la duquesa continua viva.

CALIXTO
No sé qué queréis decir,
me encuentro un poco atontado
pues no es fácil asumir
todo lo que ha pasado
¿Acaso queréis decir
que eres quien la ha despachado?

AURORA
¡Eso quiero transmitir!
¡Sí, yo misma os he vengado!
No hacía más que presumir
dejándote en mal estado,
más no pude resistir
y por eso la he matado.

CALIXTO
¡Más, dar cuenta de esta tía!,
debia de ser cosa mía.

AURORA
Pero yo me he adelantado.
pa que no quedéis manchado.
Mas debería decir
Pa que quedara aclarado;

que solo la quería herir;
¡más temo que me he pasado!

CALIXTO

¿Qué hiciste maldita Aurora?
¿cómo me vengo yo ahora?
¿con la ilusión que me hacia
poder cargarme a esa tía?

AURORA

Clava en mis carnes tu acero,
descarga en mi tu venganza,
pues ya no tengo esperanza
que me améis como yo os quiero,
no me apetece vivir
Solo amasteis a la Eulalia
aunque me has hecho sufrir,
yo no os guardo represalia,
Lo que si os voy a pedir
por libraros de la Eulalia.
¡Que no pinto nada aquí!
¡Que me matéis!, Tarafalia

CALIXTO

¡Pues eso es fácil cumplir!,
¡Por los muertos de la Galia!
Este puñal os voy a hendi,r
pa que vayáis con la Eulalia.

Tarafalia le clava el puñal a Aurora en medio del corazón y esta cae fulminada al suelo muriendo en el acto y dejando tal reguero de sangre que parece un rio. Su amigo el marques Ahumada le recrimina su acción y hasta se enfada con él, puesto que Aurora era una buena mujer y una compañía para los momentos malos que había tenido y no se merecía tener ese final, por mucho que ella lo deseara.

AHUMADA

Por las barbas del tirano.
se os ha ido de la mano.

CALIXTO

Pobre destino el de Aurora,
por ayudar a su amado
matando a una pecadora,
con su muerte lo ha pagado
no siendo merecedora.

AHUMADA

Habéis sido un animal,
asestándola el puñal.

BONIFACIO

¡Otra muerte, cielo santo!;
y en lo mejor de la vida
otro más pal camposanto
.donde será consumida.

CALIXTO

Se me nubló la razón,
al no haber podido vengarme
y cómo no tuve la opción
para poder desquitarme.
Y perdida la ilusión;
tengo que suicidarme
con idéntica pasión.
Por tanto, voy a clavarme,
esta daga en el pulmón,
pa poder reconciliarme.

A Calixto, que ya venía dando muestras que se le había ido la cabeza, le da un ataque de locura y comienza a desvariar y reír como un loco.

CALIXTO
¡JA; JA; JA; ¡JA!
JA; JA; JA ;JA

AHUMADA
Por los bigotes de Cristo
la razón perdió Calixto.

En ese momento, Calixto agarra el puñal, lo levanta lo más alto que puede y amenaza con clavárselo,

Bonifacio suplica a Ahumada que le quite el puñal a Tarafalia con el fin de evitar otra muerte que no conduce a ninguna parte.

BONIFACIO
¡Sujetadle, por San Berto!
antes que haya otro muerto.
CALIXTO
No temáis nada, señor;
y os agradezco el favor.
Más vine a vengarme de Eulalia,
que una vez manchó mi honor.
Pero he visto que en la Galia
no he sido buen vengador.
¡malo como trovador,
¡peor como Tarafalia!

Calixto se asesta una puñalada en el pecho con todas sus fuerzas y cae al suelo agonizando y formando otro gran charco de sangre en el que casi se puede bañarse en él.

BONIFACIO
¿Habéis visto, de la Ahumada
que tremenda puñalada?

AHUMADA
Vaya golpe tan certero
se ha pegado el majadero.

BONIFACIO
¿Visteis como ese puñal
se hincó en el intercostal?

AHUMADA
Lo vi majestad, lo vi
quise quitarle el acero
pero él llegó, primero
y no lo pude impedir.
Se le piró la cabeza;
ás no su enorme destreza

BONIFACIO
¡Que espanto marques que espanto
¡Que dolor marques de Ahumada!!
no ha aguantado ni un asalto;
no hizo falta hacerle nada.

AHUMADA
Mi rey, es que la puñalada
estaba en todo lo alto
tendida y atravesada.

BONIFACIO
Se destrozó el corazón,
Puñalada tan certera

no se la pega cualquiera
y merece una ovación.

Calixto, está agonizando, pero aún le quedan fuerzas para incorporase un poco y pronunciar unas palabras que nadie entiende. se encuentra ensangrentado y tiene un aspecto tremebundo, con la cara pálida y desdibujada formando en ella una mueca de horror como de desagrado por haberle salido todo tan mal, pero le da tiempo a pronunciar sus últimas palabras

CALIXTO

Vine con la intención
de matar a ese pendón
y así poder desquitarme
del tan enorme traición
que hizome al denunciarme.
Mas volvió a tomarme el pelo
y como no pude vengarme,
que Dios me acoja en el cielo
y que sepa perdonarme
porque no encuentré consuelo
y tuve que suicidarme
harto de hacer el canelo.
Maldigo a toda La Galia.
No cumplí mi cometido.
vine a vengarme de Eulalia,
más vengarme no he podido,

y por el mismo motivo
pongo fin a Tarafalia.

BONIFACIO

Ha muerto un bravo guerrero.
Honrémosle su memoria,
cómo se hace a un caballero.
Que Dios le acoja en su gloria

AHUMADA

Fue un grandioso caballero
que vino a ver a su novia,
más le hicisteis prisionero
y no vio otra escapatoria
que la de hincarse el acero

BONIFACIO

Ni siquiera lo pensó.
Fue un pinchazo tan certero
que el pobre se desangró
como lo hace un cordero.

AHUMADA

Pues honremos su memoria
poniendo fin a esta historia.

Calixto dice sus últimas palabras y muere

CALIXTO

Puesto que ya no existo,
quiero que sepa "La Galia"
que Tarafalia es Calisto
y Calisto es Tarafalia

Tarafalia, después de perder un barreño de sangre, muere sin poderse vengar de la duquesa doña Eulalia, aunque bien es cierto, que ella corre la misma suerte que él

EPITAFIO

Cuando la suerte es esquiva,
Y además eres un lerdo.
No existe pacto ni acuerdo
que te motive en la vida.
Por lo que no hay más remedio
que asumirlo y aceptarlo.
Si no puedes soportarlo;
debes quitarte de en medio.

© 2024 ANDRES DE ANTONIO TOVAR
Impresión y editorial: BoD – Books on Demand
info@bod.com.es - www.bod.com.es
Impreso en Alemania – Printed in Germany
ISBN: 9788411747110